JN091399

Author
富士とまと
Illust
ともぞ

4

# ハズレドロップ品に味噌って見えるんですけど それ何ですか？

Hazure drop hin ni
[MISO]tte mierun desukedo
sore nan desuka? 4

# CONTENTS

# ハズレドロップ品に味噌って見えるんですけどそれ何ですか？ 4

Author 富士とまと　Illust ともぞ

## CHARACTERS

**リオ（リオア）** ✦ スキル“ジャパニーズアイ”の持ち主の少女。普段は男装をして、ダンジョンに潜っている。職業は運荷者（ポーター）。

**サージス** ✦ S級冒険者。世界有数の実力の持ち主で皆に頼られている。しかし、美味しいものには目がなく、たまに抜けているところも……。

**シャル** ✦ サージスのパーティーの運荷者で、影移動の転移系スキル持ち。その実力から、“S級運荷者”と呼ばれている。

**ハル** ✦ ギルドの受付のお姉さん。面倒見がよく働き者だが、最近はオーバーワーク気味。

**シェリーヌ** ✦ ドロップ品研究の第一人者であり、リオアの愛読している『ドロップ品大辞典』の著者。また、“紅蓮の魔女”と呼ばれるほどの実力を持つ魔術師でもある。

**ガルモ** ✦ 最近A級からS級に昇格した、アックス使いの冒険者。図体は大きいが、心はとても優しい。

# 第一章 ✦ 拠点の夢と白米

羅刹たちとの戦いが終わった……。

羅刹女たちに式鬼を飲まされ、町の人々だけじゃなくサージスさんやシャルまで操られて大変だった。そのおかげでゴーレムさんと会うことができたと考えればよかったのかな？

フューゴさんとサージスさんは刀の授業にもなったみたいだし？

とりあえず、サージスさんとシャルと私は今回の件を報告しにギルドに来た。

報告が終わり、次の依頼までしばしの休息。

ギルドの職員さんたちは式鬼対策で忙しそうにしている。そんな職員さんたちの姿を見ながら、私たちはギルドの裏手にある冒険者の訓練に使われる広場でのんびり腰を下ろしている。

「あああ、リオのご飯をゆっくり食べるのも久しぶりだなぁ」

許可を取って、火をおこして肉を焼いているのだ。

「お、おお～S級冒険者のサージス様だ」

「S級荷運び人のシャル様もいるぞ」

「それに、聖人リオ様もいらっしゃる。かわいいなぁ」

「うん、うん、料理をする様子も健気で美しい」

訓練している人はいないのに、やたらと人の目がある。

ギルドなので出入りする人が多いから仕方がないのかな？

これでは、通称糞と呼ばれるハズレドロップ品の味噌とか、調味料を出して使えない！

やっぱり、森の中がいいです。食材も取れるし、人目もないし。……でも。

「リオっ、これは何か分かる？　冒険者が持ち込んできたの。鑑定では何も情報が出なくて」

ハルお姉さんがギルドの建物からこちらへ駆けてきた。

クズスキルしかない役立たずだと思っていた私が、役に立てる！

森の中にいては、私にできることができない。だから、ここにいる。

「サージスさん、シャル……バタバタしてあまり料理できくなってしまうけど……」

二人に顔を向け声をかける。

「厄災——鬼退治が終わったらおいしいものいっぱい作ります」

今は味噌汁もカレーも作れない。全部終わったらハズレドロップ品料理をいっぱい作るんだ。

うめーと言ってサージスさんが食べて、シャルがお代わりと言って器を差し出すのを想像する。二人とも食べたあとは幸せそうな顔になって……。さすがリオだって褒めてくれるんだ。

「おう！　そうだな。今はいろいろ捕りに行ってる場合じゃないもんな～。全部終わったら、いっぱいうめぇもん食べようぜ！」

サージスさんが私の頭をがしがしとなでる。

「リオの料理はいつもおいしいけどね！　もっと落ち着いて食事できるといいね。そうだ、拠点探しもまだだった。キッチン設備が整っている拠点を探さないとね」

シャルの言葉に嬉しくなる。

私は、サージスさんとシャルとパーティーを組んだんだ。鬼退治が終わっても、ずっと一緒にいていいんだよね。

「えええ？　ずるいです！　私もリオの作ったご飯食べたいです！　リオ、拠点が決まったら遊びに行ってもいい？」

ハルお姉さんが？　遊びに来てくれるの？

「はぁ？　何言ってんの。僕たちパーティーの拠点だよ？　邪魔しに来ないでくれる？　むしろサージスさんすら邪魔なくらいなのに！」

シャル？　サージスさんが邪魔って、どういうこと？　だ、だって、私もシャルもサージスさんの荷運者だから、サージスさんがいなかったらパーティーとして成り立たないよね？

「ああ、分かります。確かに食事しようとしたらサージスさんは一人で食べ過ぎて邪魔ですよね。大丈夫、私はそこまで食べないので。それに、ちゃんとデザートも持参していきます！」

ハルお姉さんが胸を張った。

「おう！　デザートか！　何を持ってきてくれるんだ？」

サージスさんが会話に入り込んできた。

えっと、パーティーのリーダー？　のサージスさんがハルお姉さんを招いて食事会してもいいって許してくれたってことだよね？

あ、だったら。

「あの、サージスさん、シェリーヌ様も招待してもいいですか？」

サージスさんがうんと大きく頷いた。

「お、おう、もちろんだ。そうだ。ガルモがＳ級に昇格したって話だしな。落ち着いたら昇格祝いでも開くか？」

ガルモさんって、アックス使いの、大きな鍋を貸してくれた【どすこい】って文字が出る、あのガルモさんだよね？

「え？　ガルモさんがＳ級に？　すごいです！　何か贈り物したほうがいいですよね？」

「いや、リオの料理が食べられれば十分だと思うぞ？」

……いえ、それは……。ハズレドロップ品、通称糞とか、森で拾ったものだとか、とても贈り物にふさわしいような料理ではないので……。

それに、最近いろいろなことでお金ももらえるようになってきたし。金額は分からないけれど、餓鬼退治や式鬼退治の報奨金が出るという話なのです。あまり高い物は無理かもしれないけれど、私も贈り物を買うくらいの余裕はあると思うんです。

「あー、もうっ！　何なのいったい！　僕たちの拠点の話だよね？　皆のたまり場の話してないよね？」

「楽しそうだよなぁ～」

サージスさんが笑顔になった。

「た、楽しそう？　今の話のどこに楽しそうな要素があるって言うんですかっ！」

「楽しみです」

ハルお姉さんがにやにやしている。

「だから！　なんであんたが楽しみにするの？」

いいこと考えた。サージスさんやシャルにも贈り物しよう。いっぱいお世話になってるもん。

やっぱり装備関係の物がいいかな？　でもパーティーの予算で買えばいいとか言われそうだなぁ。

装備とかとは関係ないもののほうがいいかな。サージスさんは食べ物？　ううん、それではいつもの食事と変わらないし食器とかどうかな。

シャルには何がいいかな。

「えーっと……」

思いつかない。サージスさんとハルお姉さんがどんなデザートがいいか話し始めたところで、シャルの袖を引っ張る。

「ねぇシャル、何か欲しいものない？　ボクがあげられるものなら、なんでもあげるから、教えてほしい」

見る間にシャルの顔が真っ赤になった。

「なっ、馬鹿なの？　リオ、馬鹿でしょう？」

「何かおかしなこと言ったかな？　あ、確かに贈り物の中身を知っていたらつまらないよね」

シャルががくりと頭を下げ、すぐに上げた。

「そうだよね、僕が勘違いしただけだけど、もう、リオ、あのさ、とにかく、まだ早いから
っ！　リオのすべては僕がもらうつもりだけど、まだ早いっ！」

ん？　まだ早い？

「うん、そうだね。シャルの言うとおりだよね。まだ厄災が終わったわけじゃないのに、贈り物何にしようかなぁなんてちょっと浮かれすぎてたよね」

私の言葉に、サージスさんとハルお姉さんもぴたりと会話をやめた。

「そうだな。まずは鬼退治だったな」

「え、ええ、そうでした。リオ、これをちょっと見てほしいんだけど……」

ハルお姉さんが鑑定では分からないと手に持っていた宝箱を開く。

中には、白い小さな粒がたくさん入っている。麦とも違う。濁った水晶？　それにしてはごつごつした粒だ。

「ただの石にしか見えないのにじつは魔蓄石だった例もあったので。これも何かのアイテムじ

ゃないかと持ち帰った冒険者がいるんですけど、鑑定しても情報が出てこなくて」

「えーっと……」

ドロップ品大辞典には載ってないし、鑑定でも何も出てこないのか。

何の鑑定士が鑑定したのだろうか。武器しか鑑定できない人とか魔法属性アイテムしか鑑定できない人とかいるけど……。

片目をつむってスキルを発動する。【スキルジャパニーズアイ発動】

スキルを発動すると、すぐに文字が浮かんだ。

【干し飯：精・飯を干した保存食・そのまま食べることもできるが、お湯で戻せばご飯やおかゆとして食べられる】

「保存食？」

ああ、食べ物だったから鑑定で分からなかったのかな……。ん？　ってことは通称糞もかつて持ち込んだ人もいたかも？　ギルドに食べ物を鑑定できる人がいなかったら武器でも防具でも魔法属性アイテムでもないとして、ハズレと認定されたとか？　鍋も兜として防具屋に並べられていたし……。あれは防御力が表示されたからだよね？　もし調理道具を鑑定できる人がいたら、ちゃんと鍋として店に並んだのでは？

「ほう！　保存食ってことは、干し肉みたいなもんか？　食えるのか？」

サージスさんが宝箱の中を覗き込み、白い粒をつまんで口に入れた。

「うわ、硬っ。なんじゃこりゃ。そのまま飲み込んだら喉に刺さりそうだな。動物の骨か？」

骨？　骨を砕いたものと言われればそう見えなくもない。

つまんで口に運ぶ。奥歯で噛むうちに、だんだん柔らかくはなるけど。味は微妙だ。

お湯で戻すとジャパニーズアイに出てるから、お湯に入れてみよう。

器に白い粒を一握り取って入れ、お湯を注ぐ。

「何？　そのまま食えるんじゃなかったのか！」

サージスさんが頭を抱えた。

「えっと……」

そのまま食べることもできると書いてあったから、間違いじゃないんだよね。

暫く皆で器の中を見ながら、もう少し情報を得ようとスキルを重ね掛けする。

【スキルジャパニーズアイ発動：二重・三重・四重・五重】

ん？　五重？　器に入れた干し飯を見る。

【干し飯にお湯を注いだもの：まだ食べごろではない】特に五重の効果は感じない。

「よし、食べてみるか！」

サージスさんがスプーンを手に持った。

「待ってください、まだです」

「うん？　そうか」

もう少し待つと表示が変わった。

【ご飯：干し飯を戻して作ったご飯。少し水分が多めだがそれなりの味・どんなおかずとの相性もよい・パンより腹持ちがよい】

ご飯ができた？　ご飯って食事の意味……とは違うけれど、料理名？　ちゃんこ鍋とか、鍋じゃないのに料理名ってこともあったから……それと同じ？

おかずとの相性とか、パンよりもって書いてあるから、これはパンのようなもの？　と考えていると、また表示が変わった。

【ご飯：おかずが無くても、塩だけでもおいしい】

塩ならあるので、器のご飯にぱらぱらと振りかける。

「できたみたいです」

よしきたと、サージスさんがスプーンで塩ご飯をすくって口に運んだ。

「んっ、なんじゃこりゃ。そうだ、あれだ。キビ団子のような弾力が一粒ずつにある。噛むと塩をかけたはずなのに甘みを感じる。まずくもないが、めちゃくちゃうまいという感じでもないのに……ああ、そうだ。パンだ。焼きたてのパンのように、次も欲しくなる」

さすがサージスさんです。

「パンやジャガイモのように単体での料理というよりはおかずと一緒に食べる物みたいです」

「なるほどな、もう、これ焼けてるよな？」

　サージスさんが肉の山椒焼きを手に取ってかぶりついた。

「うん、相変わらずピリッとして美味い。で、パンのようにこいつを」

　口にまだ肉が残っている間にご飯をかきこんだ。

　サージスさんが目を大きく見開く。

「なっ、なるほど！　ピリッとした味をマイルドにしつつ、肉のうまみがこの白いやつに絡んでめちゃくちゃうまい」

　サージスさんがホクホク顔で上を向いた。

　あの顔は本当においしいものを食べたときの顔だ。

「あっ、サージスさんっ」

　サージスさんは、ハルお姉さんの手から宝箱を奪い取ると、別の器に中身を出した。

「させませんっ」

「なっ、いいだろ？　な？　これだけじゃとても足りないんだし」

「さ、せ、ま、せ、ん」

　ハルお姉さんがすごい迫力でサージスさんをにらみつける。

　すごい。S級冒険者のサージスさんもひるむにらみだ。

「見本がなければ、今後持ち込まれても買取もできません。二度と食べられなくなってもいいんですか？　私だって、食べてみたいんですよっ」

ハルお姉さんが涙目になっている。

えええっ！　まさかの迫力の理由が食べたかったから？　慌ててハルお姉さんに笑いかける。

「えーっと、見本用に宝箱に戻しますね……」

宝箱に半分くらい干し飯を入れて、器に残ったものにお湯をかける。

「リオちゃん？」

「見本も、これくらいあれば大丈夫ですよね？　あっ、でも、ドロップ品大辞典用の資料としてシェリーヌ様に送る用のも必要でした？」

しまった！　少しあれば大丈夫ってことじゃないよね……。

「大丈夫です。ちょっと待っていてください！」

ハルお姉さんが立ち上がりギルドの建物に向かって走り出すとすぐに振り返った。

「サージスさん、それ食べちゃだめですから！　分かってますね！」

念押しを忘れない。うん、確かにすぐにでもおかわりと言って食べそうです。

ハルお姉さんはすぐに一抱えもある大きな鏡を持って戻ってきた。あれ？　あの鏡って。

「それ、他のギルドとかと連絡に使ってる通信鏡だよね？　そんなもの持ってきてどういうつもり？」

シャルが嫌そうな顔をする。

「シェリーヌさん、聞こえますか～新しいドロップ品情報です。応答お願いします」

ハルお姉さんが通信鏡にはめ込まれた石に触れると、すぐにただの鏡だった鏡面にシェリーヌ様のどアップが映る。

『え？　何？　新しいドロップ品って言ったかしら？』

興奮気味に目が輝いているシェリーヌ様は相変わらずとても美しい。……けれど、少し疲れているようにも見える。

そうだよね。シェリーヌ様の背後にはたくさんの本が見える。海ダンジョンの隠し部屋で写本したものだ。今急ピッチで、過去のドロップ品で正体がわからなかったものが載っていないか調べているんですよね。

『って、何を食べているの？　サージスが満面の笑みなんだけれど。あ、リオちゃんの料理ね？　ドロップ品って食べ物なの？　す、すぐに教えてちょうだい！　どこでドロップするの？　どんなもの？　味は？』

シェリーヌ様のドロップ品愛に応えなければ。

ふんすっ。鼻息荒く説明を始める。

「ドロップ場所に関してはハルお姉さんが後で説明してくれます。これは干し飯という非常食になります。そのまま食べることもできるのですが、硬いので奥歯でしっかり噛んで飲み込まないとだめです。あまりおいしいものではありません」

シェリーヌ様がふむと頷く。

『よく噛むことで満腹感が得られる、非常食なわけね』

シェリーヌ様の考察は鋭い。やっぱりシェリーヌ様はすごいです。

私はジャパニーズアイで見えた情報を伝えるのがやっとなのに。

「パンよりも腹持ちがいいそうです。それから、お湯をかければ、このように」

サージスさんの手からご飯になった干し飯の器を取る。

『ああっ』

通信鏡のすぐ前に器を見せる。

「何倍にも膨らみます。それから、そのまま食べるとあまりおいしくなかったのですが、この状態になると」

サージスさんが私の手から器を奪い返し、その上に肉をのせる。

【焼き肉丼】

文字が見える。丼？　って、器のことじゃないの？　ちゃんこ鍋と同じような名前の料理？

焼いた肉をご飯にのせると焼き肉丼になるの？　うーん、難しい。

サージスさんが焼き肉丼を食べる。ご飯と肉を一緒にスプーンですくって口に運んだ。

「くおっ、うめぇ。まじで、最高。シェリーヌ、このうまさをどう伝えたらいいのかって？　白いやつなぁ、味らしい味はないんだが、こうしておかずと一緒に食べると絶品だぞ？　パンと一緒に食べる生活にはもう戻れなくなるくらいな。はぁー、うんめぇ」

おいしそうに食べるサージスさんにシェリーヌ様が冷たい目を向ける。

『自分だけ……サージス……覚えてらっしゃい。おいしいドロップ品を見つけてもあなたには食べさせてあげないんだから』

シェリーヌ様が何かをつぶやいたけれど、通信鏡からはその声は届かなかった。

『ハル、じゃあ、ドロップした状況を教えてもらえる？』

あああ。シェリーヌ様には私がいっぱい説明したかったけれど、あとは冒険者から話を聞いたハルお姉さんの仕事だ。味の説明はサージスさんに取られちゃったし。

私……ほぼ名前を伝えただけで終わった気がする。もっと、何か情報……。ジャパニーズアイで表示されないかな。

【干し飯：レア度★、攻撃力　一、防御力　〇、回復　一】

レア度？　鑑定とかで出るような情報だよね？　五重になったから？

「あ、あの、レア度は星一つみたいです。もしかすると対象モンスターを倒すと割とよく出るのかもしれません」

あまり倒す人がいないモンスターというのは存在する。ハズレモンスターだ。ろくなドロップ品を落とさないので出会っても無視することが多い。もしそんなモンスターのドロップ品なら、ちゃんと集めればそれなりに手に入るようになるだろう。

「すごいなリオは。シェリーヌよりドロップ品に詳しいなんて」

サージスさんが私の頭をガシガシと撫でまわす。

「……リオ……なんでそんなこと知ってるの？」

シャルがぼそりとつぶやいた。

しまった。ジャパニーズアイで文字が見えることはシェリーヌ様には話をしたけれど、ほかの人は知らなかったんだ。

『あ、あら。リオちゃんは現場に常にいるんだもの。冒険者たちの噂話なんか私よりも耳にする機会が多いから、それで、いろいろ知っているのよね？　白い粒のハズレ宝箱のことも何度か聞いていたんじゃない？』

シェリーヌ様が私をかばうように慌てて口を開いた。

「おう、そうだよな。リオはいつもドロップ品の情報に敏感だもんなぁ。これを見た時も噂の食べ物だってすぐに分かったんだろ？」

サージスさんがうんうんと納得して頷きながらもぐもぐと焼き肉丼を食べ続けている。

「ああ、なくなっちゃいます。こうしちゃいられません。すぐに持ち込んだ冒険者に情報を聞き出して、私も手に入れなければ」

ハルお姉さんがサージスさんの器をちらりと見て立ち上がった。私もサージスさんに全部食べられちゃう前に少し宝箱にご飯を入れて収納鞄にしまう。シェリーヌ様に会った時に食べてもらうんだ。

「はぁー。まったく。今は厄災に備えるためのドロップ品収集が先ですよね？」

シャルが深いため息をついた。

「はっ。そ、そうだったわ。でも非常食も厄災の備えとして必要だと思うんですっ」

ハルお姉さんの言葉にシャルが呆れた顔をする。

「で、どうなんですか？　刀はあれからどれくらい集まったの？　僕があちこち飛んで回らなくても問題ないくらいの数はある？」

シェリーヌ様が、シャルの質問に紙を一枚取り出してこちらに向けた。

『こんな感じよ。A級品は六本、B級品が二七本、C級品が六三本ね』

サージスさんがすぐに質問する。

「なんだ？　そのA級品とかって、どうやってランク付けしてるんだ？」

シェリーヌ様が刀百選の本と刀を通信鏡に映るように向ける。

『この本に載っている刀がA級品。この本に載ってはいないけれど、ここに』

シェリーヌ様が刀を鞘から引き抜いた。

『模様がついている刀がB級品、それ以外をC級品と分けているわ』

シャルがああと小さく頷く。

「食器でも名のある者が作ったものには銘が書かれていたりするからってこと？　何も模様がないものは量産品の格落ちって扱いとか」

シャルの言葉にうんとシェリーヌ様が頷いた。

「あー？　でも武器でも、ときどきとんでもない銘品が二束三文で売られてることもあるぞ？」

「そうよねぇ、逆に銘品と言われる武器も見た目が美しいだけで攻撃力がないものもあったり」

サージスさんとハルお姉さんが意気投合している。

『……それは分かっているけれど、現状それ以上の分類はどうにもできなくて……』

シェリーヌ様が首を横に振る。

「詳細鑑定の持ち主でも分からないの？」

シャルの問いにシェリーヌ様がお手上げというポーズを見せる。

鑑定……。スキルジャパニーズアイが五重になった今なら……。

「シェリーヌ様、刀を見せてもらえませんか？」

私の言葉に、すぐにシェリーヌ様は何かを察知したようだ。二十本ほどの刀をすぐに部下に持ってこさせ、それを通信鏡に順に映してくれた。他の刀は鬼討伐のために使用中らしい。

「あ、それ、七本目のやつ、よさそうじゃないか？」

無名のC級の一つをサージスさんが指さした。

うはぁ。すごいな。S級冒険者って。私の目にも、文字が浮かんで見えている。

他のC級の刀の攻撃力が二十～五十ほどなのに、サージスさんが指さした刀は【日本刀：攻撃力二三〇、防御力四〇、耐久性一八〇】と出ている。B級の刀よりも上。A級に分類されてもいいほどの攻撃力だ。

「サージスさんの言うとおりだと思います。その七つ目の刀はA級品と並ぶ一品だと思います」

すべて分かったという様子でシェリーヌ様が頷いた。

「おお、リオもそう思うか。うんうん、気が合うなぁ」

「ええ~何が違うの？　私には全部同じに見える……」

ハルお姉さんが通信鏡に顔を近づけて映っている刀を見比べている。

スキルジャパニーズアイで出てくる情報に頼らずにもう一度刀を見比べると、色艶や傷、刀の歪みなど確かに違いがあるように見える。

「一つ目は刃の反り具合が足りない、二つ目は中央当たりに細かな傷が、三つ目は少々劣化した金属の色合い、四つ目は……」

刀について気が付いたことを、思いつくまま口にする。

『ふふふ。リオちゃんは本当に面白い子ね。そうよね。鑑定で出る結果がすべてではないものね。武器として考えれば、ちょっとした傷でもそこから折れて使い物にならなくなることはあるわよね。これで、はっきりしたわ』

シェリーヌ様がふっと息を吐き出した。

『この七番目、それから十八番目の刀はA級品に近いB級品といったところかしら？』

シェリーヌ様が手に取った十八番目の刀は確かに攻撃力が高い。攻撃力が二〇〇、耐久性が三四〇と出ている。数字を伝えるわけにはいかないから理由を考える。

「短いから折れにくいのかな？　耐久性も高い。いえ、高そうかなぁ……」

シェリーヌ様が頷いた。伝わったみたいだ。

『まぁ、七番目がA級品、十八番目がB級品に分類されるならほぼデータどおりになるわね』

シェリーヌ様が何かが書かれている紙を通信鏡に向ける。

私には文字が読めないため分からない。……悔しくて歯嚙みする。ジャパニーズアイで表示される文字は文字というよりも言葉として頭で理解できるのに。現実の文字は読めない。

『ダンジョンの低階層ではC級品が主にドロップし、まれにA級品やB級品がドロップするの。中階層だとB級のドロップが増えるわ。そして、五十階層を超えるとC級品はドロップしなくなり、八十階層を超えるとA級品しかドロップしなくなる。この説の例外だったのが、七番と十八番だったのよね。八三階層でドロップした七番がC級品ではなく、A級品、五四階層からドロップした十八番がB級品に分類されれば、この説が正しいことになるわ』

サージスさんが肉を食べ終えると立ち上がった。

「ふーん、じゃあ、八十階層以上で刀集めするか」

『そうね。どうやら千年草と同じように刀も期間限定でドロップすると考えたほうがよさそうなのよね。もしこのペースでドロップするならすでに市中に出回っていたはずだもの。ほとんど数が残っていないということは、価値がないから見捨てられていたというだけでは説明がつかないわ。過去の厄災のときに短い期間だけドロップしたので間違いないと思う』

シェリーヌ様の言葉に、ハルお姉さんの顔が引き締まる。

「初めに千年草が確認されてからもう二か月は経ちます。あとどれくらい時間があるのか分かりませんね……。鬼の討伐は兵に任せ、冒険者は千年草や刀などドロップ品収集に全力を注いだほうがいいですね」

ハルお姉さんの提案にシェリーヌ様が頷いた。

「おう、ダンジョンに関しては冒険者の領域だからな！　任せておけ！」

サージスさんがどんと胸をたたく。

慌てて料理に使ったものを片付け始めると、私の頭をサージスさんが撫でた。

「お前らも食え。俺はダンジョンに潜るが、リオとシャルはついてこなくていいぞ」

「どうして？　役立たず……だから？　ボクじゃ、上階層では、足手まといになる、から？」

防御力が上がる装備をいくらそろえたって、私の能力じゃ自分の身を守ることすらできない。

「何言ってんだ？　本当はずーっと一緒にダンジョンに潜りたいけどなぁ。シャルは刀やアイテムの輸送、リオは次々に持ち込まれるドロップ品の仕分けをしなくちゃいけないだろ？」

「はー。めんどくさいけど、仕方がないですよね。働いた分は後でしっかり請求してやる。リオも、ちゃんと請求しなよ？　手伝いだからってお金はいらないとか言っちゃだめだよ。リオは他の奴よりよっぽど役に立ってるんだから」

シャルの言葉に続けてハルお姉さんが口を開いた。

「そうです。リオは、千年草の仕分けも誰よりも早いですし、今だって刀の性能を見分けていたし、そう、この干し飯のことだって知ってたし！」

『サージスがリオちゃんを足手まといなんて言うなら、私がすぐに貰うわよ。ちょうだい！』

それから通信鏡の向こうでシェリーヌ様が主張する。

「絶対に、い、や、だ！　厄災が終わったら、パーティーの拠点で一緒に住んで毎日おいしいごはん食べる約束してるんだからな」

「そうですよシェリーヌ様。私はデザート持ってご飯食べに行く約束したんです」

『あ、ハルずるいわ！　私も行くから！　リオちゃん、ドロップ品談義しましょうね？』

「ちょっと！　何勝手に拠点に来ようとしてるわけ？　僕とリオの領域にずかずか踏み入れさせたりしないからね！　サージスさんもだれかれ構わず人を招待しないでくれます？」

拠点の食堂のテーブルで、サージスさんとシャルとハルお姉さんとシェリーヌ様と一緒にご飯を食べているところを想像する。

なんて素敵な光景だろう。厄災が……鬼退治が終わったら現実になるんだ。

少し前まで、クズスキルしかない役立たずだと思っていたのに。こんな私でも少しは役に立つことができて、受け入れてくれてる。

なんて、幸せなんだろう。鬼が迫っているというのに、幸せなんて言ってちゃだめかな。

# 第二章 ✦ 三体ときなこ

サージスさんと一緒にハルお姉さんがギルドの建物に戻ってから、十分もたたないうちに、ハルお姉さんが戻ってきた。随分慌てふためいた様子だ。

「リ、リオ、あ、あれ、あれっ！」

あれ？

ハルお姉さんが上空を指さす。空には、一つの影が見える。鳥よりは随分大きな影。

「もう大騒ぎよ、ドラゴンが出たって」

ドラゴン？

あ、遠すぎて文字が読めないけれど何か表示されてる。もしかして、ドラゴンさんなのかな？　鬼退治の宿命を背負っていて一緒に戦ってくれる力強い味方だ。

「ドラゴンは敵じゃないって聞いてるけど、あれ以上街に近づいてきたら知らない人たちはパニックになっちゃうわ！」

確かに。町から遠ざけたほうがいいんだよね？

「シャル、森の中に飛んでもらってもいい？」

森に来てもらえばいいよね。でも移動して分かるかな、ドラゴンさん？

分かるか。いつもキビ団子作っていれば来てくれるし……。

「どうせ飛ぶなら……。いい、リオ、絶対に僕からはなれないでよ」

どうせならって？　シャルが私の後ろに回って後ろからぎゅっと抱きつく。

ひゅっと視界が変わる。って、どこ？　森じゃないよね？　目に映るのは空。

『ぐがが～【主～！　やったぁおりぇが一番で会えた～】』

首をぐるんと曲げて後ろを向いたドラゴンさんの大きな顔が目に入る。

バサバサとドラゴンさんが大きな翼を動かすたびに、ビュンビュンと風切る音が耳に届く。

「リオ、落とされないように、しっかりつかまって」

はい？　落とされないように？　周りを見回すと。

「ひゃーっ！　もしかして、ここって、飛んでるドラゴンさんの背中の上？」

「そう。これくらいの距離なら飛べるからね」

いや、いくら飛べるからって、いきなり空の上……！　怖いよ！

『ぐがが！【おりぇが一番、一番】』

「ドラゴンさん、あの、一番って、えーっとどういうことですか？」

早く下ろして！

『ぐが～が！【見つけた。きなこの大豆。届けに来た】』

きなこの大豆？

「えーっと、きなこって……？」

聞いたことあったような？　何だったっけ？

「あ、あそこにフェンリルとゴーレムも。街に向かって移動してるみたいだよ」

シャルが眼下に見える山の中腹にいるゴーレムさんと、ふもと近くまで移動していたフェンリルさんを見つけて教えてくれた。

「えーっと……」

もしかしなくても、一番というのは、三体の中で一番早くって意味……ですよね？　良かった。仲良く三体で来てたらもっと街はパニックになってたよね……。

「ドラゴンさん、あの辺の山の木々が少し開けたところで皆に集まってもらえますか？」

『がが！【分かった】』

ドラゴンさんがビューンとスピードを上げる。

「シャ、シャル、あそこに飛んで！」

ドラゴンさん。もう無理。背中怖い。シャルにお願いして、先に指定した場所に飛んでもらう。前に、ドラゴンさんの前足にわしづかみにされて移動したことがあったけれど、あっちのほうが怖くなかったかも。ぎゅっとしっかり握られていたから。背中は怖い。

開けた場所に着いたら、三体が場所がわかるようにさっそくキビ団子を作ろうと材料を収納鞄（かばん）の中から取り出す。

鍋、薪、火をおこすアイテム、それから水瓶とキビ。

鍋に水とキビを入れて火にかける。

ドスンドスンと地響きが聞こえてきた。

三階建てのギルドの建物よりも大きな岩でできたゴーレムさんだ。

「ぎぃー【おいらが一番先にここに来た】」

上空からドラゴンさんが下りてきた。すごい風圧に吹き飛ばされそうだ。

「がが【はぁ？　一番初めに主んとこ行ったのはおりぇだろが】」

それから、フェンリルさんがピョンっとゴーレムさんを飛び越えて私の前に着地する。

「ぐるる【大豆を見つけたのは我が一番だったな】」

シャルが三体が顔を突き合わせて話をしているのを見て、眉を寄せた。

「リオ、あいつら何を言ってるの？」

「自分が一番だって言ってるみたい」

「言っとくけどね、リオの一番は僕だから」

シャルが三体の中央にあゆみ出ると、高らかに宣言する。

「があ～がが？」

「ぎぃっーっ」

「ぐるるる」

「何？」

「がががっがが」

「ぎぃーぎぎぎっ」

「ぐるるぐぐ」

「はぁ？」

三体とシャルが仲良く会話をしている。鍋を見ていて、視線を向けていないのでジャパニーズアイで確認できなくて、何を言っているか分からないけれど。

「あ、何かを見つけたと言っていたけれど」

食べ物だよね？　確か。

「ぐるっ【そうだ！　我が見つけた！】」

フェンリルさんがくるりとこちらを向く。

「ぐるるっ【受け取るがいい】」

と言って、後ろ足で首の後ろをかいた。こういう仕草は犬みたいでかわいいです。

と思っていたら、フェンリルさんの首の後ろからポロポロと何かが飛び出してきた。

【大豆】【大豆】【大豆】【大豆】【大豆】【大豆】【大豆】【大豆】

ポロポロと飛び散る小さい何かに【大豆】と文字が表示されている。

慌てて拾い集める。爪ほどの大きさの丸いもの。

「これは、豆？」

大豆というからには豆なのだろう。

「煮て食べるの？　団子みたいにして食べるの？　キビ団子に混ぜるの？」

「ぎー【煮ない】」

「ぐるっ【団子にしない】」

「がっ【混ぜない】」

……え？　どれも違うの？

「じゃあ、そのまま食べるの？　……ちょっと固そうだけど……キビ団子とは関係ないの？」

「ぎぎっ【そのままじゃない】」

「ぐるる【キビ団子に付ける】」

「がが【きなこにする】」

……どうしよう、全然わからない。困って、拾い集めた大豆に視線を戻す。

【大豆：畑のお肉と言われるほどタンパク質が多い・青いときに収穫して食べると枝豆】

肉？　肉と言われるってことは、焼くの？　とりあえず煮るのが違うなら焼くしかない？

フライパンを取り出して、失敗するといけないので三分の一くらいの量の大豆をフライパンに入れる。ざらざらと豆がフライパンに広がる。

この固い豆が焼けば肉みたいになるのかな？　温めると柔らかくなるものはいろいろあるし

……。どれくらい焼けばいいんだろう？

フライパンを火にかけると、隣で茹でているキビがいい感じにゆであがっている。

「シャル、焦げないように見ていてくれる？」

フライパンはシャルに任せる。ときどき混ぜてもらえば焦げないだろう。焦げなければ、失敗ということにはならないはず。

「分かった」

大豆の入ったフライパンをシャルに渡すとキビをつぶして砂糖を混ぜて団子にしていく。その様子を三体がおとなしく座って見ている。口からは大量のよだれが落ちてきそうだ。

……ん？　お皿に載せてあるできあがったものから食べてもいいんだけど、待ってるの？

「リオ、焦げてはないけど、少し色が変わってきた。これいつまで焼けばいいわけ？」

あ、忘れてた。視線をフライパンの中の大豆に戻す。【煎り大豆】

ん？　煎り大豆？　焼き大豆じゃなくて？

【煎り大豆：粉にすればきなこになる・砂糖と混ぜたきなこは餅にあう】

「シャル、もういいよ。煎り大豆になってる。それを粉にすればきなこができるって！」

シャルがフライパンを火からおろす。

「はぁ？　粉にするの？　これを？　粉ひき小屋なんてこの近くにないよ？　いや、これくらいの量ならスパイスを粉にしたり薬屋が使っているような道具のほうがいいのかな？」

ああ、見たことある。取っ手が付いた丸いものが中央にあって……薬研っていう名前だったかな。ん？　丸いタイヤのようなものの両サイドに棒が……。

「そうだ、これ！」

取り出したのは武器屋で昔買った【マニ車】だ。店主がぐるぐる回していたもの。メイスのような形をしたものじゃない方。

「これは駄目でしょう。こんなにくるくる回るならすり潰すことはできないよ」

シャルがすぐに私から【マニ車】を取り上げて丸い車輪のような部分をくるくると回す。

「ああ、そうか。見た目の形は同じようでも、全然違う物なんだ……薬研とは」

メイスのような形をしているマニ車も、攻撃するには向かない軽くて空洞になっているものだったし。

シャルが回すマニ車から、キラキラ光った文字が流れ出し、シャルの周りをくるくると回って消えた。シャルは自分に何が起きているのか気が付いていない。

「あー、これ、何か落ち着くよねぇ。って、どうする？　街に飛んですり潰す道具持ってこようか？」

シャルが私にマニ車を返すと尋ねてきた。

「ぎぎっ【おいらにまかせろ！】」

ゴーレムさんが、指先で煎り大豆をつまむと、指を前後に動かした。その動作は塩をつまんで料理に振りかけるような軽いしぐさだったけれど、固い煎り大豆があっという間に粉になって指先から零れ落ちてきた。

「うわぁ！　すごいです！　ゴーレムさんすごい！」

団子にしたキビをきなこの上で転がしてコーティングする。

「できました。どうぞ」

私とシャル用の小さなキビ団子をよけてから、三等分して三体に差し出す。

そのとたんに、待ってましたとばかりに三体がきなこをまぶしたキビ団子を食べた。

全く感想もなく、食べている。

「……これ、僕もリオにテイムされたりしないよね？」

「ふふ、シャルは面白いこと考えるね」

「まぁ、リオにならテイムされても構わないけど」

シャルがそう言うと、きなこをまぶしたキビ団子を口に入れた。

「砂糖のほんのりとした甘さに、何とも言えない香ばしい味が混ざりあって、団子をそのまま食べるよりも数段おいしくなってる」

シャルが満足そうに目を細めたのを見ながら、きなこキビ団子を食べる。

ふあっ。おいしい！　香ばしいのは焼いた……煎ったから？　砂糖の甘さとは違う、ほんのりと甘いような柔らかな味がきなこ？　煎った大豆を粉にしたものの味なのかな？

シンプルな味のキビ団子が、きなこを付けると上等なお菓子のように上品な味になっている。

「リオ、きなこだっけ？　これいいね。豆をすり潰して作るんだよね。後ですり潰す道具を買おうか」

ああ、確かに。今回はゴーレムさんがすり潰してくれたけど、自分ですり潰そうと思ったら道具は必要だと思う。

「キビも大豆も、種みたいなものだよね？　拠点で栽培する？」

栽培！　その手がありました！

確かに、また食べたいからフェンリルさんに持ってきてもらうわけにもいかないよね。

「ががが【美味かったぞ！　何かすることがあったらおりぇ何でもするぞ！】」

「ぎぃー【おいらもだ。主の頼みならなんでもすり潰してやるから】」

「ぐるる【我こそ、主の役に立とうぞ！】」

食べ終わった三体がにらみ合っている。

「あの、今は頼みたいこともないので、大豆を見つけてきてくれてありがとう」

「が！【けーん】」

「ぎぃ【うっきー】」

「ぐる【わん】」

三体が山の向こうへと去っていくのを見送ってから後片付けをして、街に戻った。

# 第三章 ✦ 鬼の目の秘密

王都のギルドに併設されている宿の一室。

暫く(しばら)シャルと私はここで寝泊まりしながら働くことになる。ギルド併設の宿ってどこも簡素で狭いと思っていたら二部屋続きになってるちょっといい部屋もあったんだ。

もちろん、装飾が多いとかいう意味ではないけれど。テーブルを囲んでお茶を飲むための部屋と寝室が分かれてるんだよ？　ベッドのほかにもちゃんといろんな家具が置いてあるんだよ？　窓にはカーテンがあるんだよ？

ちょっと前まで野宿してたのに。泊まれても雑魚寝の大部屋だったのに。

「シャル、この部屋に二人だけで泊まるの？」

部屋の中を一通り見て回ってからシャルに声をかける。

「なっ、何だよ、嫌なの？　僕はちゃんと手順を踏むタイプだから、二人だけで泊まったってリオに何かしようなんて思ってないから！」

シャルが真っ赤になった。

「大部屋だと荷物を盗むやつもいるから気をつけろって言われるけど、シャルがボクの荷物狙ったりなんてしないことは知ってるよ？」

真っ赤になったのは怒っているのかな？　泥棒扱いするなって……。

「二人だけで泊まるには広くて立派だなぁって思っただけだよ。ほら、寝室のベッドも大きなのが四つも並んでる」

シャルがふっと息を吐き出し表情を戻した。

「まぁ、確かにね」

シャルが私の手首をつかみ、ベッドの一つに飛んだ。

思った以上に柔らかいベッドに、足を取られて二人で倒れこむ。

シャルがそのまま身を寄せてきた。

「うん、僕たちなら、二人で一つのベッドで十分だね」

シャルの声が耳に届く。

「本当だね。こうして抱き着いて隅で寝たらサージスさんも寝られるかな？」

ぎゅっとシャルの体に手を回してベッドの端に引き寄せる。

「ばっ、流石(さすが)に、それはやめてくれる？　ボクだって理性の限界ってのがあるんだからっ」

シャルが私の体を押しのけてすぐに飛んだ。部屋の片隅に。

理性？

「やっぱり使わないともったいないよね？　大きなベッドが四つもあるんだし」

はい。そうですね。じゃあ、シャルがなるべく一人でゆっくり寝れるように離れたベッドを使います。

「それにしても」

シャルがこの話題はおしまいとばかりに話題を変えて、私の隣に座った。

「サージスさんたち、どんな武器を手に入れて戻ってくるだろうね？」

サージスさんが、より強い刀を求めてダンジョンの深層に向かった。一人じゃない。今回は上級冒険者を選抜して特別連合パーティーを組んで行くらしい。荷運者（ポーター）も鑑定スキルや幸運スキルなどを持った人が選ばれた。

クズスキルしかないからおいて行かれたんじゃない。今ならわかる……。

「シャルが言っていたよね」

「は？　何を？」

「ボクが刀を宿で振ってたことあったでしょ？　サージスさんが剣を教えてくれるって言ったときに。その時シャルは馬鹿なのって言ったんだ」

シャルがばつの悪そうな顔をする。

「悪かったよ、馬鹿だって言って。リオだって一生懸命だったんだよね」

ううんと首を横に振る。

「シャルは剣は振らないって。逃げ一択で自分の転移能力を鍛えるって、その言葉を聞いてボクも、ボクのできることをもっと頑張ろうって思えるようになって……」

自分の手を見る。

「だから、今、皆の役に立つことができる」

初めて鬼が出たときには、私には何もできないと思っていた。だからせめておいしい物を作って食べさせようと思っていた。

今は違う。スキルジャパニーズアイを使えば、もっと役に立てる。スキルを使えば……。

カタカタと指先が震え出した。スキルを使うと決めてもやっぱり怖い。

シャルが静かな声で尋ねた。

「リオはどうして知ってたの？」

びくりと肩が揺れる。

「な、何の話？」

震える私の手を、シャルがつかんだ。冷たくなった私の指先に唇を当てる。

温めようとしてくれているのか、それとも逃げようとすれば噛みつこうとでもいうのか。

「あの白い……干し飯や、刀の見分け」

シャルがまっすぐと私の顔を見る。

手の震えが全身に広がった。

「専門家のシェリーヌも知らないようなものをリオが知っているのはおかしいよね？　今までは勉強していろいろなことを知っていると思っていたけど……。それでは流石に説明がつかない」

シャルの射貫くような鋭い視線。

もう、隠し通せない。

「ねぇ、リオ。この目には何が見えているの？」

シャルが人差し指で私の右目……黒い瞳を指さした。

「……あ……」

どうしよう。鬼の目を持っているなんて……シャルが知ったら……。

「シェリーヌは知ってるんでしょ？　刀に傷があるとか反りがどうのとか、そんな不確かな情報でシェリーヌが納得するはずないもんね？」

だめだ。シャルはごまかせない。やだ。知られたくない。

ボロボロと涙がこぼれる。シャルがうろたえた様子を見せる。

「なんで泣くの？　シェリーヌには話せるのに、僕には泣くほど知られたくないの？」

だって……！

「き……嫌われたく……ないから……」

「はぁ？」

「ボク、シャルに嫌われたく……ないから、だから」

おでこに痛みが走った。少ししてデコピンされたんだと分かった。

「馬鹿だね。本当にリオは馬鹿。嫌いになるわけないでしょ？　っていうか、そんなに僕って信用ないわけ？　シェリーヌだってその秘密聞いてリオのこと嫌いになってないのに、僕がリオのこと嫌うと思ってるの？」

あ……。確かに言われてみればそうだ。

「シャルは……そんなことでボクを嫌いになるような人じゃない……」

でも。シェリーヌ様には言えたけれど、シャルやサージスさんには言えなかったのは……。

「もちろんサージスさんだってリオを嫌いになるわけないよ」

うんと、頷(うなず)く。

「でも……、好きだから……大好きだから……絶対に嫌われたくなくて……言えなくて……」

シェリーヌ様のことも好きだけれど、それ以上にシャルやサージスさんのことが好きで。

もし嫌われたらって考えたら、すごく不安で、言えなくて。

「くっ……何、そのくどき文句……リオのくせに……」

シャルが震える私の体をぎゅっと力いっぱい抱きしめた。

何かをつぶやいたみたいだけどその声は私がしゃくりあげる声にかき消されてしまった。

「……前に言ってた、鬼になったらって話と関係あるんじゃないの？」

うんと頷き、シャルの肩に顎(あご)がこつんと当たる。

「ああ、もう、そのぐしゃぐしゃな顔、拭(ふ)きなよ」

シャルがハンカチを取り出して私の目元と鼻をごしごしとこする。

「で、その秘密にしてるすごい力は何なの？　スキルはジャパニーズアイでしょ？　目が黒くなるだけだって話だったけれど、嘘ついてたの？」

「う、嘘じゃないよ。嘘だけはついてないよ……本当に、目が黒くなるだけのスキルだったんだけど……。スキルを使っているうちに、スキルを重ね掛けできるようになって……」

「なるほど、そういうことか。それでできることが増えた。増えたことは言ってない。だから嘘はついてない。で、何ができるようになったの？　鑑定？」

フルフルと頭を横に振る。

「謎の文字が浮かんで見えるようになったの」

「は？　リオは文字が読めないんじゃなかったっけ？」

「えっと、文字として見えるんだけど、読むというよりは頭に意味が伝わるというか……」

シャルがああと頷いた。

「鑑定スキルと同じか。文字が読めなくても鑑定結果が分かるって言うし」

そうなんだ。

「でも、鑑定スキルとは明らかに違うんでしょう？　鑑定できない物のことを知っていたわけだし」

シャルの言葉にうんと頷く。

「それってすごいスキルなのに、どうして知られたくなかったの？」

シャルの問いに、覚悟を決めて口を開く。

「……初めは、浮かんだ文字の内容が意味が分からないことだらけで……。暫く経ってからは、文字の内容が本当かどうか分からないと思って……」

「でも、シェリーヌに教えたってことはスキルジャパニーズアイで見える文字が本当だって分かってきたってことでしょ？　どうしてそんなすごいスキルの話聞いて嫌われると思ったわけ？　ボクがそのスキルに嫉妬するとでも？」

すごいスキル？　スキルに嫉妬？

ぶんぶんと頭を横に激しく振る。

「シャルのスキルはすごいよ。誰にも負けないスキルだよ」

「じゃあ、どうして？　嫌われるなんて思うの？」

シャルの顔を見るのが怖くて下を向く。本当は声も聴くのが怖いから耳もふさぎたい。

「酒呑童子に……」

「ファントル領を占拠してた鬼のボスだよね？　そいつがどうしたの？」

「……黒い目は……故郷の色だって……。鬼の故郷の……色」

「はぁ？」

「だ、だから、これは、スキルジャパニーズアイで黒くなったこの目は鬼の目……」

「ああ、鑑定でも分からなかった刀とか、鬼に関係した物が分かるスキルなら確かに鬼の目かもしれないね？」

シャルの言葉は軽い。どうして、そんなに軽いの？

「このままスキルを使い続けたら、ボクは……鬼になっちゃうかもしれないんだよ？」

真意が知りたくて顔を上げると、シャルは、笑っていた。

「なんで、笑うの？」

「鬼になったら殺してくれなんて言ってたからさぁ。餓鬼だっけ、ああいう化け物みたいな鬼になるかと思ったら、酒呑童子みたいな人の姿の鬼にって話でしょ？　頭に角が生えてくるかもって話でしょ？　それだけのことでしょ？」

「ち、違う」

「何が違うの？　リオが鬼になったって、よわっちぃ鬼でしょ？　弱い鬼は角がある。羅刹女とか角がないのは強い鬼でしょ？　だからリオの頭には角が生えてくるよね」

つんつんと頭をつつかれる。

あれ？　確かに、私が鬼になっても強い鬼になる気はしない。

「って、違うよ、そうじゃないよ。シャル。頼子さんが……鬼の頼子さんが言っていた。とても優しい鬼だったけれど、それでも頼子さんは小さな子供を見ると衝動が抑えられなくて人を手にかけてしまうって。鬼は……鬼だよ。ボクも弱くたって衝動を抑えられずに人を殺してしまうようになるかもしれない、だから……」

シャルは楽しそうに笑う。

「ふふ、なら、人と会わないように森の奥深くに檻で囲った屋敷を建てよう。そこにリオを閉じ込めてあげる。出入り口のないどこからも開かない檻と屋敷だよ」

人と会わない檻の中の屋敷？

「誰一人として出入りできない屋敷。だけど、僕だけは飛んでリオの元へ行ける屋敷だよ？　二人で生活しよう」

シャルの言葉が信じられなくて、何度も瞬きしてシャルの顔を見る。

鬼になっても大丈夫だと慰めるために適当なことを言っているようには見えない。

そっか……。人と会わなければ……人を殺すこともないんだ。

頼子さんのような優しい鬼……。きっとほかにも優しい鬼はいる。

「そうだね、頼子さんのように優しい鬼がいたら、一緒に鬼の中で暮らせばいいんだね」

シャルが私の鼻をつまんだ。

「もうっ、どうしてそうなるの！　なんでそこでほかの鬼が出てくるわけ？　あー、もうっ！　そういうところがリオなんだ！　っていうか、きっとリオはずっとそうだよ！　鬼になっても何も変わらないよっ！　角が生えてくるだけだよっ！」

頭に手を乗せる。

角が生えてくるだけ……。もしかしたら、そうなのかもしれない。

なんだか、鬼になるのがあんなにも不安だったのに、シャルの言葉で少し心が軽くなった。

もし、鬼になってもシャルは私を嫌いにはならない……。

「ありがとう、シャル……」

シャルが、私の肩に頭を載せた。

「鬼になるかもしれないって思いながらも、それでもリオはスキルを使い続けるんだよね」

……ああ、そうだ。私には、スキルを使わないという選択肢も確かにあった。

怖かったのは鬼になることよりも、嫌われることだった。確かに鬼になるのも怖いけど……。

「皆のためとか、世界のためとか……自分のことは後回しでスキルを使うんでしょう」

そうじゃないよ。私は、誰かの役に立つことが嬉しいから、自分が嬉しいからスキルを使うだけで……。別に世界を救おうなんてそんな大それたこと考えてなんか……。

「世界を救うために鬼になったリオを誰が嫌うっていうの？　鬼というだけで、リオは嫌いになるの？」

……本当だ。飢えて亡くなった子供の餓鬼もいた。どうして嫌いになんてなれる？

頼子さんだって……。

「羅刹だってさ、なんだかんだ最後にはアドバイスしてくれたじゃん。流石に、いいやつだとは思わないし好きにもなれないけど、鬼だからって全部同じような悪いやつじゃないよね」

「ああああ！　そうだ！　羅刹、確かに言ってたよね！　サージスさんの刀、そんな刀じゃダメだって。でも、あの刀ってA級品に分類されてるやつだよね？　それでも駄目って……」

「神の力がどうのと言っていたよね。A級で駄目ならS級品でもあるんじゃない？　サージスさんたちがダンジョンの深層でドロップ品集めしてるんだし見つかるといいけどね」

「S級の刀の可能性……ちょっとハルお姉さんのところへ行ってくる！」

「リオっ！　って、あーあ。止めても無駄ってやつ？　はぁー、もう。さっさと一緒のベッドで抱きしめられたまま寝ちゃえばよかったよ」

# 第四章 ✦ 足柄山の熊

シャルにジャパニーズアイの秘密を打ち明けた次の日。

ギルドの一階の食堂で朝食を食べ終わるとすぐにハルお姉さんがシャルを呼びに来た。

「シャル、イドゥール領のマルナ町に鬼が出現したわ。刀を届けてもらえる？」

「何本？」

バタバタと準備をしてシャルは刀を届ける仕事に出る。

「中レベルの鬼が数体だそうだから、一本で問題ないと思うわ。近くの街に滞在していたA級冒険者チームが向かっているから、渡して使い終わった物を回収して戻ってきて」

「了解。じゃあ、リオ行ってくる」

うんと頷(うなず)いてシャルを見送る。

私は……どうしようかな。ハルお姉さんは鑑定できない物だけ見てくれればいいっていうけど。何かできないかな。んー、A級品よりも能力の高い刀を探すにはどうしたらいいんだろう。ハルお姉さんは「もしかしたら今手に入っている刀にまぎれているかもしれない」と言うから、通信鏡で確認できる刀は昨日のうちにジャパニーズアイで能力をチェックした。

でも、それらしいものは見つからなかった。

「本に何か書いてないかな……」

海ダンジョンで複製した本はシェリーヌ様の元にあるはずだ。

「ハルお姉さん、ちょっとシェリーヌ様のところに行ってきます！」

ハルお姉さんに声をかけて、ギルドの宿を出てから町を離れる。

「ドラゴンさーん、お願いがあります～！」

暫（しばら）く声を上げ続けると、上空に黒い影が見えた。

ぐぅーんと降りてきたドラゴンさんに、地図を見せる。

「今いるのがここなのですが、シェリーヌ様のいるここへ連れて行ってもらえませんか？」

「ががが！【任せろ！　乗れ！】」

ドラゴンさんが背中に乗れというジェスチャーをする。……この間の落っこちそうな恐怖がよみがえった。

「えーっと、わしづかみにして連れていって？」

と頼んだら、大きな爪（つめ）の付いた足で、傷つけないように私の胴体をドラゴンさんはつかんで飛び上がった。

高く、高く大空に舞い上がる。

見下ろすと山中に文字が見えた。フェンリルさんだ。一緒に行ってくれるんだ。

【日本狼（おおかみ）：フェンリル・桃太郎の従者として鬼退治を果たした英獣の魂が宿りしもの】

桃太郎……？　厄災を止めるには桃太郎を探さないと駄目だったりしない？　でも神が宿った武器も探さないといけないし……。

んー。でもどうせ探し物をするんだから、同時にいろいろ探せばいいか。刀と桃太郎の両方！

【足柄山：金時山とも】

あれれ？　山に文字が出た。なんで？　どうして？

「ドラゴンさん、ちょっと下ろしてもらっていいですか？　足柄山に」

「ががががが？　【足柄山？　……ああ、この下の山が足柄山なのかぁ】」

ドラゴンさんがかなり下降したところで旋回を始める。

「がが　【木が邪魔だ。焼き払うか？】」

「だ、駄目です。あの、山火事になっちゃいますし、そんな理由で山を焼くなんて、あ、あの、無理なら別に降りなくても……」

と、思っていたら、ドスンドスンと地響きが聞こえてきた。

「ぎぃー　【おいらの手の上に乗せろ】」

追いかけてきたゴーレムさんの手に乗り、地面に降ろされる。

「ありがとうドラゴンさん、ゴーレムさん」

降ろされた先に、フェンリルさんがちょこんと座って待っていた。

「ぐるるる　【地上を駆けるのは我の役割だろう。どこへ行く、主よ】」

どこって、えーっと……。周りをきょろきょろと見回す。

【足柄山】という文字は出っ放しだ。

……文字が出たということは、鬼退治に何か役立つ可能性があるんじゃないかと思ったけれど、山なんて広い。こんな漠然とした情報で何ができるというんだろう……。

【鬼熊】と、フェンリルさんの背後に文字が現れた。

「鬼？」

私のつぶやきにフェンリルさんが振り返って警戒を強める。

「ぐるる【我らの姿が見えてもなお、逃げださないとはよほどの馬鹿か】」

木々の間から、巨大なクマが姿を現す。頭には角が映えていた。

「クマの……鬼？」

【鬼熊：長生きして妖怪になった熊・足柄山で金太郎の帰りを待ち続けている】

「ごふ【匂いがする……金太郎の匂い】」

鬼熊は、フェンリルさんの威嚇にも動じずにふらふらとこちらに近づいてきた。

「ぐるる【すぐにあの世に送ってやろう】」

フェンリルさんがとびかかろうとしたのを止める。

「まって、フェンリルさん、あの、もし私が危険そうならその時にお願いします。少し、その、話をさせてください」

出た文字は【鬼熊：金太郎の友達のクマ。金太郎の帰りを待っている。金太郎から預かっている鉞を返すまでは死ぬこともできずに妖怪となった】とある。

「あの、クマさん？　えっと、金太郎を待っているの？」

「ごふっ【ねぇ、君は誰？　どうして金太郎の匂いをさせているの？　知り合い？　金太郎はどこにいるの？】」

　金太郎を待って、待って、待ちすぎて鬼になってしまったクマ……。

「ごふふ【ぼくね、金太郎と約束したんだ。帰ってくるまで鉞を守るって。山を出るときは鉞の代わりに刀を持って行ったから】」

　刀？

「ねぇ、クマさん、その刀は神が宿るようなすごい刀だったりする？」

　鬼熊が首を横に振った。

「ごふふふ【ううん。鉞のほうがすごいんだ。でも、人の街では持ち歩けないの。ねぇ、金太郎はどこにいるの？】」

「ごめんね、金太郎さんのことは分からない」

「ごふっ【嘘だっ】」

　鬼熊が両手を上げる。通常の熊の三倍はあろうかという巨大なクマが立ち上がって両手を挙げた姿はすごい迫力がある。

だけれど、襲ってくる様子は全くない。

鬼熊は泣いていた。

「ごふふ【金太郎の匂いがするのに……ぼく、約束どおり、ずっと鉞を守っていて……】」

ずっととはどれくらいの話なのだろう。クマの寿命がどれくらいなのか分からない。

だけれど、長生きして妖怪……鬼になってしまうくらいだから、かなりの長さなのだろう。

金太郎は、人間ならもう生きてはいない。そんな残酷な事実を伝えてどうしようというんだろう。私には何ができる？

さめざめと目の前で泣き続ける鬼熊さんに何ができるかな。大きな体なのに、身を縮めて悲しそうに泣いている鬼熊さんに……。

私が悲しかったら、どうしたら悲しみが癒える？

考えても……思いついたのは、お腹いっぱいに食べて寝ることだけだ。

宝箱を出して開く。

「あ、これ」

干し飯にお湯をかけてご飯にしたものだ。宝箱に丸めて入れていたんだった。【おむすび・塩むすび・おにぎりともいう】

あれ？　ご飯じゃなくて、おむすび？

「ごるるっ！」

鬼熊さんの涙が止まった。

「ごる、るる【それ、ぼくの大好物だ！　金太郎とお馬の稽古や相撲を取ったあとに、よく二人で食べたんだ。どうして持ってるの？】」

何かを期待する目で鬼熊が私を見る。

「ごるる【もしかして、金太郎がぼくのために用意したの？　君がぼくに持ってきてくれたの？】」

どうしよう。どうしよう。金太郎なんていないよ。違うよと真実を伝えなくちゃ。でも……。

「あ、あの……。鉞が必要になったから取りに行ってほしいって頼まれたのだけれど……その事情があって、金太郎は来られなくて……」

「ごる【そっか。天下を取るまで戻らないって言ってたもん……でも、ぼくのこと忘れちゃったわけじゃないんだ】」

ああ、嘘ついちゃった。私は嘘つきだ。

【嘘も方便：仏が救済の手段として嘘をつくこともある・善行のためには偽りも認められるということ】

ジャパニーズアイで私の手に文字が浮かび上がった。

嘘も方便……。嘘も認められる？　嘘をついてもいいの？

「金太郎がすぐに行けなくてごめんって。ずっと鉞を守ってくれてありがとうって」

「ごるる【そっか……まだ、会えないんだ】」

嘘だけど、でもきっと、嘘じゃないよ。金太郎はこう思っていたはずだよ。

「あのね！　金太郎も会えなくて寂しいって。クマさんのこと大好きだって！　またいつか二人で一緒におむすび食べようねって、今は、行けないけど……いつか、また一緒に……」

鬼熊さんは、宝箱に入ったおむすびを取ると、口に入れた。

「ごるるる【ああ、美味(うま)い。美味い。懐かしい味がする。金太郎……金太郎と一緒に食べたおむすびと同じ味がする】」

おむすびを食べ終わると鬼熊さんの大きな腕が伸びて、私を両腕でだきあげた。

「ぐるるるっ【おいっ、何をする！　主を放せ！】」

「フェンリルさん、大丈夫だよ」

頭に角は生えているけれど。鬼だけれど。でも、大丈夫だとなぜか理由もない確信があった。

「ごるる【こっちだ。こっちに鉞はある。金太郎に持って行って】」

鬼熊さんは、私を抱き上げたまま、ずんずんと山を登っていく。

そして、小さな洞穴が口を開けているところで私を下ろした。

「ごる【ここに置いてあるんだ】」

小さな洞穴の中には、朽ち果てかけたボロボロの鉞が置いてあった。

持ち手の木の部分はすでにかつてそこにあったであろう形を地面に残すのみ。金属の先の部分も錆びて浸食がすすみ持ち上げればすぐに崩れ落ちそうな状態だ。

いったい、この山で、この洞穴で、一人寂しくどれほどの長い時間を鬼熊さんは金太郎を待ち続けたのだろう。鬼となってまで、約束を果たすために待ち続けたのだろうか。

「金太郎に……届けるね」

本人は生きていないだろう。でも……。お墓があれば、お墓に備えよう。

金太郎のお墓。きっとジャパニーズアイがあれば見つけられるような気がする。

「今まで守って偉かったね」

鬼熊は嬉しそうに笑うと、まばゆいばかりに輝きだした。

まぶしくて目をつむって光が弱くなるのを待ち、目を開くと文字が浮かび上がる。

【キムンカムイ：熊の姿をした山の神】

え？　神？

鬼熊から表示が変わったクマさんを見ると、頭の上にあった角は消えている。ただ巨大なだけの熊の姿になっている。

だけれど、全身から金色に輝く光の粒を出していて、ただ事じゃないことは分かる。そのままクマさんは、光となって溶けていくように姿を薄めていく。

その光は、今にも土にかえりそうな鉞を包み込んだ。

とても不思議な光景だった。包んだ光が鉞の時を戻すかのように修復している。

光が収まると、かつての姿を取り戻した鉞があった。

艶やかな刃の部分に磨かれた持ち手。

いや、強い光は収まっているけれど、うっすらと光のベールに包まれているように見える。

【金太郎の鉞：山の神が宿った鉞】

「神……神が宿った武器だ！」

すごい、これがあれば強い鬼も倒せるってこと？

【金太郎の鉞：山の神が宿った鉞・金太郎以外が装備することはできない】

「だめ……だ」

金太郎以外装備できないんじゃ……。

「って、そうだよね。金太郎のために約束を守って鬼になっちゃうほど長い長い時間守ってきたのに……」

鬼を退治するためといっても、金太郎以外の人間に手渡すなんてことしちゃだめだよね。

通常の三倍くらいありそうな大きな鉞の柄を持ち上げ収納袋に端を入れると、すぐに収納袋に吸い込まれるように入っていった。

「ごめんね、厄災が落ち着いたら金太郎さんの墓を探して持っていくからね」

収納袋の中は時間が停止しているから、きっとすぐだよ。十年、二十年とかかるかもしれないけれど、クマさんにとっては瞬きするくらいの時間だよ。

それにしても、収納袋に入れるときに少し触れただけなのに、すごい強い力を感じた。

神が宿った武器は、明らかに違う。いろいろなドロップ品を見てきたけれど、まるっきり異質だ。こんな力を感じる武器が、強い鬼を倒すには必要ってことだ。

「……酒呑童子(しゅてんどうじ)や羅刹だって弱くなかった。強かった。それでも、神が宿った武器じゃなくても倒せた。……神が宿った武器じゃなきゃ倒せない鬼って……一体どれだけ強いんだろう」

ブルブルと震えだす。

「ぐるるっ【主、それは何だ?】」

何って? 首をかしげるとフェンリルさんが私の背中を指した。

振り返ると、背負っていた収納袋から一本の細い光の線が出ている。

慌てて収納袋を背中からおろして、手を入れる。

念じれば収納袋は欲しい物が手に触れる。光の元となっているものと念じたら、先ほど手に入れたばかりの鉞(まさかり)が触れた。

「金太郎の鉞から光が出てる? としたら……」

もしかして、金太郎のお墓に向かって伸びてる光なのかな?

「光の先へ連れて行ってください」

というわけで。まずは光の原因を特定して解決することにした。

フェンリルさんやドラゴンさんに連れて行ってもらえば遠い場所にもあっという間に移動で

きるし。

フェンリルさんに乗せてもらい、ドラゴンさんにわしづかみにされ、ゴーレムさんの手の平で休憩しながら移動し、二時間ほど進んでいくと、光の先の終わりが見えた。

フェンリルさんに下ろしてもらい、歩いて近づく。

「え？」

「なんだ、リオ、どうした？」

そこにいたのはサージスさんだ。サージスさんの胸に光が突き刺さっている。

「どうしてサージスさんが？」

「いや、このダンジョンの深層に行く前の腹ごしらえだ。リオこそどうした？」

言われてみれば、いるのはサージスさんだけではなく他にも強そうな冒険者が十名ほどいた。

「おう、久しぶりでごわす」

サージスさんの後ろから姿を現したのは、ガルモさんだ。

「ガルモさん、お久しぶりですっ！」

ガルモさんが移動すると、光の先も移動する。

あ、サージスさんじゃない。ガルモさんに光が向かっている。

【金太郎】

え？　えええ？

「ガルモさんは金太郎なんですか？」

びっくりして思わず声を上げる。

「金太郎？　なんだそれは？」

【金太郎：金太郎の魂を宿し者・現世ではガルモ・どすこいどすこい】

いや、どすこいって何？　それより、魂が金太郎なんだ。

そっか。ドラゴンさんたちと同じだ。

「分かったぞ、ダンジョンに入る前に、おいしいごはんを作りに来てくれたんだな？」

サージスさんの言葉に首を横にふる。

「いえ、光を追ってきたんです」

私の言葉に、サージスさんがガクッと首を垂れる。あれ？　光は他の人には見えてない？

「あ、何か食べたいなら作ります。でもその前に、光のことを解決させてください」

ガルモさんに視線を向けると、ガルモさんが首を傾げた。

「光を追ってここに来たとは？　おいどんに金太郎と尋ねたことと関係があるのか？」

やはり光は私やフェンリルさんたちにしか見えてなかったみたい。

それよりも、ガルモさんが金太郎の魂を持っているなら、もしかしたら神が宿った鉞(まさかり)が使えるかもしれない。

収納鞄(かばん)の中から鉞を取り出す。うっすらと光のベールにくるまれたように見えるのも私だけかもしれない。

「なんだ、こりゃ。随分力を感じる武器だな」

すぐにサージスさんが声を上げた。

収納袋から取り出すには力はいらない。でも袋から出ちゃうと、とても私には持ち上げられない重さだ。サージスさんやここにいる冒険者たちなら問題なく持ち上げられるだろうけど。

サージスさんが鉞に手を伸ばして持とうとした。

「なんだこりゃ……！　びくともしねぇじゃねぇか。どれだけ重い武器なんだ？」

びくともしない？

冒険者たちが次々に鉞を持ち上げようとチャレンジするけれど誰も動かせない。

「なんか、すごい物持ってきたなリオ。ガルモ、お前も試してみろよ。アックス使いのお前なら持ちあがるかもしれないぞ？」

サージスさんに背中をたたかれるまで、ガルモさんは冒険者たちが代わる代わる鉞に手を伸ばしているのをぼんやりと見ていた。

「あ、ああ」

我に返ったようにはっとして、ガルモさんが鉞の柄に手を伸ばす。

ガルモさんが鉞を握ったとたんにぱぁっと鉞が強く光った。

クマさんが消える前に光ったのと同じ色の光だ。光の粒がガルモさんに降り注ぐ。

冒険者たちは光に目をつむることもなかったので、この光が見えているのも私だけっていうことだろうか。

「おい、どうした、大丈夫か?」

サージスさんがガルモさんに尋ねた。

ガルモさんは鉞（まさかり）に触れたまま、涙を流していた。

「あ、ああ、いや……なんだ……どうしたんだろうな、おいどん……」

サージスさんがガルモさんの背中をたたいた。

「もしかして、あれじゃないか? 眉唾（まゆつば）だと思っていたが、番（つがい）の武器ってやつじゃないのか? 他の誰にも使えない運命の武器」

「あああれか。伝説の勇者にしか抜けない剣みたいなもんだろう?」

「まじかー。ガルモ、持ち上げてみろよ、もし持ち上がれば間違いなくお前の番の武器だぞ」

ガルモさんがフルフルと小さく頭を横に振った。それから私の顔を見る。

「いや、だがリオは収納袋に入れたり出したりしていたのだから、おいどん以外でも動かせる者はいるのだろう?」

ずっと鉞には【金太郎の鉞】って出ているし、ガルモさんには【金太郎】って出てる。

それに。キラキラの光はずっと嬉（うれ）しそうにガルモさんを包んでいる。

「……リオ……。頼みがある」

ガルモさんが鉞から手を放して私を見た。

「持ち上がろうが持ち上がらなかろうが、これをおいどんに売ってくれ」

へ？　ガルモさんに売る？

「それはできません」

きっぱりと断る。

「おい、リオ、番の武器との結びつきは、特別なものだ。ガルモに売ってやってくれ」

サージスさんが頭を下げる。

「ああ、ちょっと待ってください。ガルモさん、サージスさん、それから、他の方も！」

サージスさんの後ろで冒険者たちが一斉に頭を下げている。

「この鉞の所有権はボクにはないんです！　ボクは荷運者として、運んだだけです！」

私の言葉に、皆が顔を上げた。

「じゃあ、これは、誰の持ち物なのだ？」

ガルモさんに問われ、すぐにガルモさんを指さす。

「へ？」

ガルモさんが後ろを振り返る。

「あの、所有者はガルモさんですっ」

「いや、おいどんは初めて見たが……」

ガルモさんが驚いた顔をしている。なんと説明したものか。

「ガルモさんのご先祖様？　が使っていた武器で、えーっと、受け継ぐ者に渡してほしいと頼まれて……その……だから、ガルモさんのものです」

「そうか……おいどんの……」

ガルモさんが両手で改めて鉞の柄を持った。

特段力をいれているようには見えないのに、するりと鉞を持ち上げる。

おおと、冒険者たちから歓声が上がった。

「ああ、生まれたときからこの手に握っていたように手になじむ……これが、番の武器」

ガルモさんが感動に打ち震えている。

「お礼をしたい。もちろんリオにも。それから渡してくれと頼んだ者にも。どこにいる？」

ガルモさんの持つ鉞を指さす。

「亡くなりました。その魂はそこに……ガルモさんの手に渡って喜んでいると思います」

ガルモさんは何かを感じ取ったのか、小さくそうかと頷いた。

「よかったなぁガルモ！」

「めちゃくちゃ似合うな。お前がアックス使いだったのも運命だったんだな」

「なぁ、早速使ってみろよ」

「そうだな、番の武器は他のとどう使い心地が違うか教えてくれ」

「ダンジョンに早く行こうぜ！」

ワイワイと冒険者たちがガルモさんに祝いの言葉を次々にかけている。

「待て待て、ダンジョンに行くのはリオの作ったご飯を食べてからだ！」

サージスさんが叫んだ。

「あはは、いきなりダンジョンの中で使って問題があると駄目だからな。ちょっと腕慣らしにイノシシでも狩ってくるとしよう」

ガルモさんが鉞(まさかり)を担いで森の中へと消えていく。

「ん？」

その後ろを嬉(うれ)しそうについていくクマの幻が見えた。……よかった。

「リオ、火をおこしたぞ！」

サージスさんがいつの間にか石を組み上げ鍋を置く場所を作っている。

肉を焼くためにもう一つ火もおこしているし、冒険者たちはおのおの持っている食材を出したり、薪を拾い集めたりと、すっかり料理の準備を始めている。こうしちゃいられない！

「あの、これをすりつぶしてもらっていいですか？　焼く前に肉に振りかけてください」

山椒(さんしょう)の粒を取り出して冒険者の一人に手渡す。

「おお、わかった！　もしかして、これが噂(うわさ)のあれか？」

噂？

「そうだ。お前は初めてか？　美味くて腰抜かすぞ！」

　ああそうか。冒険者さんの顔には見覚えがある人がちらほら。

「調子に乗って狩りすぎた。この武器はすごいでごわす」

　しばらくして大きなイノシシを四頭両肩に担いでガルモさんが戻ってきた。ドスンドスンとイノシシを地面に降ろしていく。

「そうか、そいつは体になじんだか？」

　サージスさんがガルモさんに尋ねた。

「なじむなんて言葉じゃ表現できないな。まるで体の一部のようだ」

　ガルモさんの言葉を、ガルモさんも冒険者たちもうらやましそうに聞いている。

「……そうか。番の武器とはすごいものだな……いつか俺も手に入れたい」

　サージスさんのつぶやきに冒険者たちが頷いている。

　サージスさんの番の武器もどこかにあるなら、見つけてあげたい。いっぱいサージスさんには助けてもらっている。それが恩返しになるなら。と、今はそれどころじゃなかった。

　ガルモさんが狩ってきたイノシシを皆が手分けしてさばいている。

　皆の視線がそれているこの隙に。野菜を煮込んでいる鍋に視線を落とす。

【人参と玉ねぎとジャガイモ：豚肉とカレーをいれればポークカレーになる・カレーを入れれば野菜カレーになる・牛肉とカレーを入れればビーフカレーになる】

……。なんか、カレーにしろと言われているようだ。じゃあ、カレーにしますか。

収納鞄からカレーの入った宝箱を取り出す。

【カレー（中辛）：リンゴと蜂蜜の使われた品・カレーならではの辛味と柔らかな甘みが特徴で食べやすい味に仕上がる】

宝箱からカレーを鍋に一度に入れて、すぐに空になった宝箱は収納鞄に戻す。

「おお、今日はカレーか！」

サージスさんが後ろから覗き込む。ひゃっ。よかった。見られてない。ギリギリセーフ。

「肉を焼き始めたんだが、山椒だっけ？　あれが足りなさそうなんだ、追加を貰えるか？」

振り返ると、肉が大量に焼かれている。大きなイノシシ四頭分を、まさか全部食べるつもり？

それともここで焼いたものを、収納鞄に入れてダンジョンの中で食べたりもするのかな？

「おーい、そろそろ肉が焼けるぞ！　そっちはどうだ？」

どうやら山椒の肉が焼けたようだ。カレーの鍋を見ると、最後に入れた肉にも火が通っている。パンはあぶるように軽く焼いて。

「器をもらってもいいですか？　この鍋の料理はカレーと言います。シチューやスープのようにそのまま食べたりパンに付けて食べたりしてください」

と、説明しながら受け取った器にカレーをよそっていく。

「もう、食べていいか？　いいよな？　な？」

サージスさんが懇願するように私に目を向けた。

「あ、もちろんです。皆さんどうぞ」

がぶりと肉に一斉にかぶりついた。

「うんっまぁ！　うんっまぁ！」

「うめー、うめー！」

「おいしい、おいしい！」

「ちょーうまい」

【言語崩壊】

「これが噂の、リオ様の聖なる肉……」

ちょっと、なんか言い方！

「いえ、あの、普通にガルモさんが取ってきたお肉に山椒で味をつけただけです……」

一応否定しておく。聖なる肉って何！

「山椒だが、欲しければ売ってやるぞ。おいどんの子供たちがたくさん拾ってきてるからな」

「まじか？　子供たちって、ガルモがめんどうを見ているクズスキル持ちの孤児たちだろう？」

クズスキル持ちという言葉に一瞬体が硬くなる。そして、ガルモさんから殺気が放たれる。

「あ、いや、すまん。悪気はないんだ。冒険者をしていればクズスキルも有用スキルもないのなんてすぐに分かるしな。大事なのはスキルじゃなくて、生き方なんだよな」

「あー、それな、分かる。ランクが低いころにパーティー組んでたときは、上級剣士スキル持ちだとか上級土魔法スキルだとかやたらとすごそうな人たちがいるパーティーに入ろうとしたけど、よく観察してればスキルと冒険者ランクは関係ないってすぐわかるよな」

「だな。上級スキル持ってるのにいい年してCランクなんて人間はたくさんいた。むしろB級以上になるとスキルとは違うその人間が努力で得た能力が物を言うっていうか」

「ああ。S級のサージスさんが剣士系スキルも肉体強化系スキルも、戦闘に特化したスキルを何も持っていないって聞いたときは腰を抜かしたぜ」

「そうそう、だからさ、まだE級だったガルモがクズスキルだと馬鹿にされて親にも見放された孤児たちを育ててるって聞いたときは、ああ、こいつは分かってる。絶対上に行く人間だって思ったもんだ」

ど、どうしよう。泣いちゃいそうだ。

「おい、リオ、どうした？　なんで泣いてるんだ？」

「な、な、泣いてないです。ちょっと、その目に……煙が……」

ごしごしと袖で涙をぬぐうと、漬け込んだ肉を串にさして火にかける。

私は本当に馬鹿だったな。

クズスキルだって馬鹿にする人間は小さな人間で……自分より下がいることで安心して努力を怠るような人間で。そんな声気にせずに、馬鹿にしない人のことだけ見ていればよかった。

サージスさんもシャルもガルモさんも、ここにいるA級の冒険者さんたちも……シェリーヌ様も、誰もスキルの優劣なんかで人を判断しないし、弱い人間は守ろうとしてくれる。スキルとは違ういいところをちゃんと探してくれる。

「リオ、お礼がまだだったでごわすな。山椒を教えてくれてありがとう。実は子供たちは山椒を拾って売ることでお金を稼ぐことができるようになったんだ。それに、リオが提案してくれたんだろう？　今まで使い道のないクズスキル持ちだと言われていた子が千年草の仕分けで活躍している」

肉を焼くのを手伝いながらガルモさんが頭を下げた。

お礼を言うのは私のほうだと言おうとしたところで、歓声が上がった。

「うわ――――っ、やべぇ、これはやべぇ」

「山椒の肉も美味かったが、このスープ？　シチュー？　これは本当にヤバイな」

「くあー、まじやばもんやねぇか！　これ何て言う料理なんだ？」

「カレーだ。カレー。やばいだろ。リオの作るカレーはやばすぎるだろ」

たぶんおいしいと思っているのは、表情で分かるけれど。やばいしか出てこないと、褒められているのかけなされているのかわかりにくいです。

「ガルモさんも冷めないうちに食べてきてください。この後ダンジョンですよね？　しっかり食べないと」

「ん、ああ。前に作ってくれたちゃんこ鍋も美味かったなぁ。また今日のは違うようだ。カレーでごわすか」

ガルモさんがカレーを食べた。

「辛味がある食べ物なのか。だが山椒のように刺激があるだけではないようでごわす。甘みがあり、複雑に絡み合ったスパイスの味。何とも食欲をそそる香り、そして煮込まれた野菜と肉に味が絡んでいくらでも食べられそうだ。これはまたやばいでごわすな」

ガルモさんからもやばいいただきました。……いや、なんでやばいっていうかな。

「一度こんなにうまいもん食ったら、他の食べ物じゃ満足できなくなるな……」

冒険者の言葉にサージスさんがうんうんと頷いている。

「だろ？　でも、俺はリオとパーティー組んでるし、パーティーの拠点を作って一緒に住むようになるから」

サージスさんがパンをカレーにつけながら笑っている。

「俺も、俺もパーティーに入れてくれ！　まだA級だが、意地でもS級になるから、な？」

サージスさんが首を横に振った。

「なんでだよ！」

「シャルがパーティーメンバーに入れるか決めるから。俺の一存じゃなんとも言えない」

がくっと、冒険者が膝を折る。

「なんか、俺、シャルに認めてもらえる自信はないわ……」

別の冒険者が私を見た。

「リオ、いえ、リオ様！　料理を、料理を売ってくれ！　金なら払う、そうだ、カレー一杯金貨一枚でどうだ？　な？　な？」

へ？　金貨一枚ってすごい大金ですけど……。野菜以外は材料費もかかってないのに……。

「あの、拠点に遊びに来てくだされば、料理しますよ？」

「まじか！　行く！　絶対行く！」

「拠点が決まったら教えてくれ！　隣に住む！」

「ずるいぞ、俺もだ！」

……勝手に人を招いちゃシャルに怒られちゃうかな？　拠点の庭とか外なら怒られない？

「お前ら、リオの厚意に甘えすぎるな。迷惑だろう」

ガルモさんがはしゃぐ冒険者の頭をわしづかみにした。

「いえ、迷惑では……」

おいしいって食べてくれる顔を見ると、私なんかでも誰かの役に立てるんだと嬉しくなるし。

あ、だめだ。この私なんかっていう考えはシャルに叱られちゃう。

と思ったら、冒険者さんたちが次々に言い始めた。

「迷惑ではなくとも、ちゃんと働きに関しての対価はもらうべきだ」

「そうだぞ、俺らは稼いでる。ちゃんと金をもらえ」

でも……という言葉がまた出そうになって口を閉じる。

「もらった金の使い道を考えるといいぞ。欲しい武器はないのか？　レアドロップ品を集めてもいいんじゃないか？」

お金の使い道？

武器はいらない。でも、サージスさんとシャルの足手まといにならないようにもう少し防御力を上げる防具や道具は欲しい。レアでなくてもいい。ほかには……。

「料理したいです！　たくさん食料買って、料理します！」

「は？」

サージスさんが目を丸くした。

「おかしいですか？　えっと、その……お腹を空かせている人のために、料理をしてあげたいです。きっと厄災で家族や仕事や住むところなど失って困っている人もいると思うのです」

サージスさんがぶはっと、噴き出した。

「あはは、そうか、リオらしいな。そっか、確かになぁ。リオの料理を食べれば、悲しみも苦しみも一時(いっとき)でも忘れられるかもな。そりゃいい！」

ぐりぐりとサージスさんに頭を撫(な)でられる。

「それじゃあ、金で払うよりも現物のほうがいいのか？」

現物？　まさか、ハズレドロップ品と言われる通称糞の入った宝箱をくれるということ？

「何がいい？　イノシシか、ウサギか、鳥か？」

冒険者の言葉に思わず声が漏れる。

「え？　イノシシ……？」

それを見て、別の冒険者が声を上げた。

「イノシシより、やっぱりダンジョンで手に入るもんがいいよな？」

「おいらはあれを取ってくるよ！　自分でも食べるけど、リオ様にも持ってくる！　カニ、カニだ。カニ！　海ダンジョンで食べたカニ！」

へ？

「おい、海ダンジョンのカニってなんだ？」

「お前らはいなかったか。カニっていうのはな」

冒険者たちがカニの話で盛り上がっているのを横目に、サージスさんがどや顔をした。

「カニも美味いが、ウナギはその何倍もすごいぞ」

「ウナギ？　なんだそれは？　詳しく聞かせろ！」

……どうやら、味噌やカレーのことが知られているわけではないようです。

こ、これは、ほっとしていいの？　それともバレたときのことを考えてびくびくしないといけないことを嘆くべき？

「はぁー、美味かった。じゃあ、いっちょ行ってくる！」

食べきれる？　と思って大量に作ったカレーも、焼いた肉もあっという間になくなった。

ダンジョンに入っていく皆を見送ってから、片づけを始める。

今が幸せだと思えるようになった。毎日が楽しいと思えるようになった。

クズスキルしかないからといつも縮こまっていた日々が嘘のように。

でも、今が幸せなら、この先のことも考えないといけないんだと教えてもらった。

厄災が終わったら……。シャルとサージスさんと一緒に拠点に住んで、ダンジョンに行って。お金を稼いで、もっとすごい荷運者になって……それから？

「あ、リオ様、まだいた！」

しばらくして冒険者の一人がダンジョンから戻ってきた。

「どうしたんですか？」

怪我でもしてリタイアしたのかと思って慌てて駆け寄る。千年草を取り出そうとしたら、冒険者さんが鞄を私の前に出した。

「いや、今の料理の代金を払っておこうって皆で相談して、三十階層までに出たドロップ品。価値とか分からないからろくなものないかもしれないけど受け取ってくれ」

冒険者さんが鞄をひっくり返すと、大量のドロップ品が出てきた。

百個以上はある。

「あ、俊足の靴に、風魔法の帽子それから……って、パッと見ただけで金貨五枚以上はあります。もらいすぎです」

冒険者さんが笑った。

「パッと見ただけで、よくわかるな。いや、問題ない。金貨五枚でも安いくらいだ。それくらいどの料理もうまかった。力がみなぎってくる。じゃあ、おいらは皆のところに戻るから」

冒険者さんが行ってしまった。

貰っちゃっていいのかな？　……ううんと首を横に振る。

ドロップ品を売ったお金を何に使うかを考えろって言われたんだ。

「ありがとうございます！」

もう聞こえないとは思うけれど、ダンジョンの入り口に向かってお礼を言う。

早速ドロップ品を確認しながら収納袋に入れていく。宝箱も二十個ほどある。中身を確認せずに持ってきたのか。ハズレドロップ品もあった！

【醤油】……醤油？　宝箱を揺らすと中身がゆらゆらと揺れる。取り出そうとしなければこぼれてくることはないけれど。宝箱の中を開けると、中に液体が入っていた。

【醤油：調味料・卵かけご飯、冷ややっこ、すき焼き、肉じゃが、焼き魚、寿司……】

たくさんの文字が出ている。卵かけご飯って、ご飯ってあれ？　干し飯にお湯を入れたらご飯って出たけど、あれと卵を使うのかな？

冷ややっこって何？　冷たいもの？　すき焼きって、かば焼きの仲間？　肉じゃがは、肉を使うということは分かる。焼き魚、これは魚を焼くんだよね？　それと醤油はどういう関係が？　考えてる場合じゃなかった。あとでいいや。とりあえず調味料ということで。

収納袋にしまう。シェリーヌ様のところへ向かっている途中だもんね。

# 第五章 ✦ 大蛇退治

フェンリルさんの元へと戻り、再び移動を開始。

少し開けたところにドラゴンさんが待っていた。

「ががが！」

ドラゴンさんにわしづかみにされてそこからは移動。

「ががが【もうすぐ着くぞ、あの街だろ?】」

前方に街が見えている。

「あの、下ろしてください」

ドラゴンさんが上空に現れたら、街の人がびっくりしちゃうよね。フェンリルさんに乗り換え、森に隠れて街へと近づいてもらう。

「あれ？　どうしたの？　なんだか毛の感じがちょっと違う?」

フェンリルさんの毛が逆立ってる？　怒ってるの？

「ぐるるっ【どうにも不快な気を感じる】」

え？　それって……。

「強い鬼が街を襲ってるとか?」

街から見える場所からは歩いて街に向かおうと思っていたけれど、予定変更。

「このまま街の中へ連れて行ってもらえる？　あそこを飛び越えられる？」

「ぐるっ【了解した】」

言うが早いか、フェンリルさんはちょんちょんちょーんと軽くジャンプして三メートルはあろうかという外壁を飛び越えた。

近くにいた人たちが驚きの顔をする。……そりゃ驚くよね。

「フェ、フェンリルだっ逃げろーっ！」

「きゃぁー、モンスターが！　警邏を呼んでくるんだ、いや、ギルドに」

思ったよりも人が多い場所に出てしまったようですさまじいパニックになっている。

見たところ、鬼がいるようには見えない。これなら大丈夫そうだ。

「フェンリルさん、外で待っていて」

「ぐる【うぬ】」

フェンリルさんは私を下ろすと再び軽く塀を飛び越えて街から出ていく。

「え？　あれ？　どっか行っちまったぞ？」

フェンリルさんがいなくなったのを見て男の人がきょとんとしている。

「すいません、ギルドはどこにありますか？」

話しかけると、我に返ったようだ。

「はっ、ああ、そうか。ギルドにフェンリルがいなくなったと伝えないとな。坊主は場所を知らないんだろ？　俺が伝えに行くよ」

「あー、いえ、ギルドに用事があるので……」

「そうか？　じゃあ一緒に行くか？」

男性と並んで歩きながら、情報収集する。

「この街に鬼が出たりしていませんか？」

「ああ、出た。出たぞ。二週間ほど前に。化け物みたいな鬼だったな」

え？　出たんだ。

「だけど、シェリーヌ様の自衛団があっという間にやっつけちまったよ」

「シェリーヌ様の自衛団？」

「おう、知らねぇか？　なんでもすごい魔法使いなんだと。紅蓮の魔女って言われる女で。どんだけ恐ろしい女かと思ったら、これがすげー美人でな。おっと、坊主にはまだ早いか」

にかかと男の人が笑った。

あ、そうか。シェリーヌ様は紅蓮の魔女って言われてたんだっけ。私にはドロップ品専門家のイメージが強すぎて忘れていた。

「自衛団っつっても、普段はダンジョンでドロップ品を集めさせてるらしいが、鬼が出たと聞いて街を守ってくれたんだ。美人なうえにいい人だよ」

うん。知ってます。本当にいい人なんです。シェリーヌ様が褒められて嬉しくなる。

「お、あそこがギルドだ」

と、男の人が指さす先の建物から何人か武装した人が飛び出してきた。

「こっちです、こっちにフェンリルが！」

「急げ、応援も頼むんだ。くそ、あっちに人が取られてるってのに……」

あ。さっきフェンリルさんを目撃した人がギルドの人を呼びに来たのか。

「おいおい、待て」

男の人がギルドから出ていた人たちを引き留めた。

フェンリルさんのことは説明してくれるんだよね。私はギルドに説明してこよう。

ギルドに入り、慌ただしく動き回る人が多い。

「坊主、何しに来た。今は緊急事態だ。通常の業務はできない」

カウンターの中から声がかけられた。

「あの、フェンリルについて報告が」

緊急事態がフェンリルが現れた！　ってことなら、一分でも早く伝えないと。

「フェンリルの話ならすでに報告を受けている」

あれ？　そうなの？　さっき人が飛び出して行ったよね？

「不安なのはわかるが、大丈夫だ。今シェリーヌ様にも応援を頼んだ」

伝わってないよ。

「違うんです、不安とかじゃなくて、フェンリルなんですけど」

「じゃなんだ、忙しいと言っているんだ、子供の相手をしている暇はないっ！　人の命がかかってるんだぞっ！　邪魔をするなっ！」

フェンリルさんは大丈夫ですって伝えたいのに……。

職員さんは奥へ行ってしまった。職員さんも必死なんだよね……。どうやって伝えよう。

「ああ、リオちゃんっ！　リオちゃんじゃないっ！」

「シェリーヌ様！　お久しぶりです！」

シェリーヌ様がギルドに入ってきた。

「あは、そうね。会うのは久しぶりかしら。通信鏡では頻繁に話をしているけれどね」

ん？　確かに！

「ああ、シェリーヌ様お待ちしておりました！」

先ほどの職員が奥から飛んできた。

「坊主、邪魔だ。今からシェリーヌ様に大事な話がある」

……邪魔か。シェリーヌ様を呼んだのなら、私は偶然会った立場なのだから横入りは良くないよね。話が終わるまで待つべきだよね。

おとなしく座って待とうと、背を向けたら、ぎゅむっと抱きしめられた。お、お胸がっ。

「リオちゃんを邪険に扱うとはどういうことなの？」

「は？」

ギルドの職員がシェリーヌ様に怒られてびっくりしている。

「も、申し訳ありません、その……谷に現れた正体不明の化け物のことでさえ厄介なのに、連絡したとおりフェンリルが現れ我々にも余裕がなく……」

職員がシェリーヌ様に頭を下げた。

「そう、フェンリルよ！　リオちゃんがここにいるってことは、あのフェンリルなのね？」

「はい。人を襲ったりはしません」

職員がさらに驚いた顔をしている。

「まさか、フェンリルが人を襲わない？　それは聖人様のテイムしたフェンリルの話……で」

職員さんが私の顔をじーっと見た。

「はっ、片目が黒いっ！　し、失礼いたしました、聖人様！　聖人様とは知らずに……！　邪魔な子供扱いしてしまいっ」

シェリーヌ様が職員を睨む。

「リオはフェンリルが無害だと言いに来たんでしょうね。話も聞かずに邪険に扱ったの？　聖人だとか聖人じゃないとかは関係ないわ。わざわざギルドに足を運ぶということは理由があるはずでしょう？　例え相手が子供だったとしても話も聞かずに追い返すのは緊急事態といえどしていいこととは思わないわ」

ふぅとため息を吐き出す。

「人を見て態度を変えるのは、公平であるべきギルド職員としては……と、今はそれどころではないわね。フェンリルに関しては解決済みと皆に報告しなさい。あとは谷に現れた正体不明の化け物ね……。で、現状はどうなっているの？」

職員さんがびくびくしながら答える。

「シェリーヌ様護衛団十名に加えギルドからB級以上の冒険者十名、計二十名で討伐に向かったものの、討伐に至らないどころか街への進行を徐々に許している状態でして」

「他に冒険者はいないの？　国へ兵の派遣の要請は？」

「はい。兵も各地に出ている鬼を倒すためにかなりの数が出払っていて、今派遣できるのは百名ほど。それも少し離れた場所から向かうため時間がかかると。冒険者も同様で各ギルドに応援を要請したものの、連絡が取れるのはダンジョンから戻ってからということが多くいつになるか……」

シェリーヌ様が報告を聞いて重苦しい顔を見せた。

「……まだ魔力が十分たまっているとは言えないけれど、火魔法を使うしかないかしら……。むしろ街に近づきすぎては使えなくなるわね」

シェリーヌ様の魔法って、あの山がまるっと灰になったあの？　そんな魔法が必要なほど強いモンスターなの？

シェリーヌ様が私を見た。

「そうだわ、リオちゃん、得体のしれないモンスターをテイムできないかしら？」

テイム？　……いえ、そもそもフェンリルさんたちもテイムしたわけじゃないですし……。

もし、桃太郎の話が関係しているのだとすると、あの三体で終わりなんじゃないかな？

「ちょっと難しいかもしれないです。あの、その謎のモンスターは鬼だったりしませんか？」

シェリーヌ様が首をかしげ、そして私の耳元に口を近づけ小声で話す。

「人にそっくりな角のない鬼をリオちゃんは見分けたでしょう？　もしかしてスキルで鬼かどうか分かるのかしら？」

こくりと頷く。

「弱点とかそういうのも分かるの？」

首を横に振ると、シェリーヌ様が少しだけ残念そうな顔をした。

「じゃあ、リオちゃんは安全な場所にいて。ちょっと行ってくるわ。それで、今わかっている情報を全部教えて頂戴」

シェリーヌ様が職員に話しかける。

安全な場所に……か。何もできないのは歯がゆいけれど、だけど戦うすべがない私が危険な場所をうろうろしていたらそれだけでも足手まといになってしまう。

でも、本当に私には何もできないのかな？

「鬼なら！　鬼を倒すのがフェンリルさんたちの仕事なので、手伝いますっ！」

私が手伝うわけじゃないけれど。

「え？　本当に？　それは助かるわ！　ああ、でも、鬼じゃなくてモンスターかもしれないのよ？　モンスターも倒してもらえるのかしら？」

「……えーっと、それは分からないです……聞いてみます」

シェリーヌ様がうんと頷き、職員に声をかける。

「さ、行くわよ。案内は誰がしてくれるのかしら？　移動は馬車か馬か、俊足スキル持ち？」

俊足スキル持ちという言葉に、うっとなる。サージスさんが恐怖していたあれだよね。

かっこいいふんどし姿の人は見たいけど、自分が運ばれるのは……怖い。

あ、そうだ。建物の外に出て、空に向かって声を上げる。

「ドラゴンさーん、お願いがあります！」

暫く空を見ていると黒い影が見えた。

「え？　まさか……」

職員さんの顔が青くなる。

「大丈夫です。ドラゴンさんは人を襲ったりしないので。みなさーん、大丈夫ですからっ！」

驚かせてしまった。

「ががが【おりぇのこと呼んだ。何をすればいいんだ？】」

「私とシェリーヌ様とこの人を運んでほしいの。場所はこの人が案内してくれるって」

「ががが【分かった】」

乗れとは言わない。私がいつもわしづかみにしてって言っていたから。

ドラゴンさんは私とシェリーヌ様をわしづかみにした。

あれ？　足は二本。もう一人はどうするんだろうと思ったら、大きな口をぱかっと開けて職員さんの腰あたりをぱくりと咥えた。

「ぎゃーっ」

職員さんの悲鳴が上がる。

「がが【うるさい】」

「あ、あの、大丈夫です、食べられたりしないので、道案内をお願いします」

職員さんが真っ青な顔でブルブルと震えている。

「あ、ああ、あっち……あ、あっち……あっち」

まるで幼児のような言葉遣いで職員さんが行き先を指さした。

「ドラゴンさん太陽を正面に見て右に進んでください」

うんとドラゴンさんが頷（うなず）いた。

「がが【あ、ちょっとかんじゃった】」

「え?」

「がが【なんでもないよ】」

……職員さんが泣いてる。でも、死んでないし、千年草を食べれば大丈夫だよね? ……ごめんなさい。

「あの、ドラゴンさんは鬼退治の宿命を背負っているんですよね? 鬼以外のモンスターも倒しますか?」

「がががが【おりぇは無駄な殺生はしない。モンスターも獣も我にとっては同じ。食べるか身を守る以外には殺さない】」

あ。確かにそうだ。理由もなくやみくもに殺して回るなんて確かにおかしな話だ。人間にとって脅威だからってモンスターも倒してなんて、人間の我儘でしかない。

「リオちゃん、ドラゴンは何て?」

「鬼は倒すけれど、モンスターは倒さないそうです。理由がないから」

「理由?」

「食べるためか、身を守るため。鬼はそういう宿命を持って生まれたから倒すけれど……」

シェリーヌ様がふっと笑った。

「それは、いいことを聞いたわね……」

「いいことですか? 悪いことじゃなくて?」

シェリーヌ様がうんと頷く。

「理由もなく、人だというだけで襲ってくるわけじゃないってことでしょう？　ドラゴンを倒そうとする人間以外を襲わないって分かったのはいいことじゃない？」

確かにそうか。

「それに、鬼だけでも倒してくれるんだもの。本当にありがたいわ」

うん。


「あ、あのあたりだ」

職員さんが指さした場所は切り立った崖に挟まれた渓谷だ。

川の流れにそって深い谷が続いている。

「ああ、あそこ、あれだ。想像以上に街に近づいてきている。はじめに報告を受けたのはもっと上流だったはずだ」

職員さんが言った場所には遠くからでもはっきり見える巨大なモンスターがいた。

ドラゴンさんも大きいけれど、それよりもさらに巨大だ。

二十人が派遣されていると言っていたけれど、周りに見える人の数はその半分ほどしかない。

近づいていくと、その人たちもボロボロで今にも倒れそうなことが分かった。

上流に視線を移せば、ぽつぽつと人がうずくまったり倒れこんだりしているのが見える。

「……千年草で傷はふさがっても、血を流しすぎて動けなくなってしまったようね……」

シェリーヌ様が悲痛な表情を浮かべる。

そうだ。シェリーヌ様の護衛団が十名と冒険者が十名と言っていた。よく知っている人たちが傷つき倒れている姿を見てショックを受けないはずはない。

近づくとモンスターに現れている文字が見える。

「リオちゃん、あれは鬼？」

「……いいえ……鬼ではありません……」

シェリーヌ様がうんと頷く。

鬼でなければドラゴンたちの助力は期待できない。

ドラゴンに気が付いた者が顔を上げた。

「シェリーヌ様っ！」

「ギュンターね？　モンスターの相手は私がするわ。このドラゴンは味方よ。私たちを運んでくれたの。ここならモンスターの攻撃は届かないでしょうが、私の魔法はそいつに届くわ」

ギュンターと呼ばれた男は、モンスターの攻撃をかわしながら頷く。

「皆は退避しなさい。倒れて動けない者を連れて、離れて。私の魔法が及ばない場所まで」

「了解しました！」

距離があるため表情ははっきりとは見えないけれど、ほっとしたような声だ。

「おい、シェリーヌ様が来てくださった。退避だ！」

すぐにモンスターに向かっていた者たちはその場を離れ、上流に倒れている人々の元へと駆けていく。それを追いかけようとしたモンスターに向けて、ギルド職員さんが魔法を放った。

「【雷魔法B散雷光】」

小さな稲光が無数にモンスターに降り注ぎ、モンスターの頭が一斉にこちらに向いた。

うまく、逃げていく人からこちらに敵意を向けることができたみたいだ。

モンスターは一体しかいない。

だが、土瓶のような形をした巨体からは、人の胴の何倍も太くて長い蛇のような頭が八本も突き出している。

その一つずつが意志をもって別々に動き攻撃しているのだ。長い蛇のような尾も八本あり、邪魔なものを払いのけるだけでものすごい威力を発揮している。モンスターは一体かもしれないが、実質八体のモンスターを相手にするようなものだ。

……むしろ、たった二十人で今までよく全滅せずに相手をしていたものだと……。

【八岐大蛇：ヤマタノオロチ・日本で一番恐ろしいと言われる怪物・八本の頭と八本の尾を持つ・若い娘を食べる】

鬼じゃなく怪物。人間を食べるモンスターだ。

「ガガガ【あいつは八岐大蛇か！】」

ドラゴンさんが唸り声をあげた。

「ドラゴンさん、八岐大蛇を知っているの？」

「ガガガ【ああ。聞いたことがある……】」

ぐいーんとドラゴンさんが急降下する。

「え？　ちょっと、何？」

シェリーヌ様が声を上げた。

ドラゴンさんは、私たちを崖の上に下ろした。

深い渓谷を見下ろせる場所。ここならば八岐大蛇の攻撃も届かないだろう。

「ガガガ！【おりぇが鬼をやっつけたって言ったら、あいつは笑ったんだ。鬼をやっつけたくらいでいい気になるなって】」

あいつ？

「グルル【我も覚えておるぞ！　我らを侮辱した九尾の言葉】」

どこから現れたのか、フェンリルさんがドラゴンさんの隣に降り立った。

九尾？

「ギーッ【お前たちは八岐大蛇はやっつけられないだろう。日本で最強の怪物相手じゃひとたまりもないだろうなと、鬼退治すらしたことがない生意気な狐。思い出しても腹立たしい】」

九尾は狐のこと？

「ガガガ【おりぇは八岐大蛇にだって負けるもんか！】」

「グルル【そうだ。ちょっと神の使いだからって偉そうな狐の鼻を明かしてやるわ】」

「ギッ【いっくぞー！】」

巨大ゴーレムさんが、崖から飛び降りた。

どすーんと、重い巨体が八岐大蛇の背中に食い込む。

そのあとを追うようにフェンリルさんも崖を飛び降り、壁を二度三度と蹴って谷底に着地。

すぐに向かってくる八岐大蛇の首を鋭い爪でかき切った。

「え？　リオちゃん……フェンリルたちはあれを倒してくれるの？　鬼じゃないんでしょ？」

「えっと、……お前たちには倒せないだろうと馬鹿にされたので、そんなことはないと証明するとかなんとか……」

ドラゴンが口から炎を吐き出し、一瞬にして頭を一つ溶かした。激しく蒸気が吹き上がる。

「わぁ、あれは攻撃範囲は狭いけれど、マグマのように高温な炎ね。一瞬で灰も残さず燃やし尽くすなんて……」

シェリーヌ様がドラゴンの吐いた炎を見てぶるりと震えた。

八岐大蛇の背に乗っていたゴーレムさんが首を二つ引きちぎっていた。

「あ……ははは……応援を呼ぶまでもなく、アッというまにやっつけちゃいそうですね……」

職員さんが崖下を見下ろしてわき腹を押さえながらつぶやいた。

あ。ドラゴンさんがかんだとこが痛いのかな？　血は出てなさそうだけど。

収納ポシェットから千年草を取り出して、少しちぎって差し出す。

「あの、これ千年草です。痛みが取れると思うのでどうぞ」

職員さんは私が差し出した手の平に乗っている葉っぱのかけらを見た。

「私なんかのために……そんな貴重なものを……」

私なんんか？


「あの、私なんかなんてどうして言うんですか？　街の人たちの命を守ろうと人一倍必死に働いていましたよね？　冒険者たちを逃がすために、雷魔法を使っていましたよね？　ボクは、職員さんはすごいと思います。どうして、私なんかって言うんですか？」

私の言葉に、職員さんがばつの悪そうな顔をする。

「いや、私の魔法は見た目は派手だが威力はなく、B級以上のモンスターには全く歯が立たなかった。C級で引退してギルドの職員になった冒険者の落ちこぼれさ、それに……」

職員さんが頭を下げた。

「すまなかった。ギルド職員としても未熟だ。人の見た目に惑わされ、リオ殿の言葉に耳を貸そうとしなかった。そんな何をやっても半端な出来損ないの私のために……リオ殿は怒りもせずに千年草を差し出してくださる……」

なんで。

「どうして、私なんてって、自分のことを言うんですか？　威力のない魔法の何が悪いんですか？　派手な見た目が役に立ったじゃないですか！　そのおかげで八岐大蛇(やまたおろち)の敵意をこちらに向けさせ、冒険者さんたちが無事に逃げられました。それに、緊急事態なんだったら、優先順位をつけて対応するのは当たり前です。今この場にいるのだって、八岐大蛇の出現場所をシェリーヌ様に案内するためと言っても、得体のしれないモンスターのところに行くんです。危険だし怖いだろうし……だけど、文句ひとつ言わずに案内してくれたじゃないですか、それってすごいことで……なのに……どうして……私なんかって……」

あれ、おかしい。なんか涙がこぼれてきた。この涙は何だろう……。

「リオ殿……」

職員さんがびっくりしている。シェリーヌ様が私の肩に手を置いた。

「私にできることがリオちゃんにはできない。リオちゃんにできることがシャルにはできない。シャルにできることをサージスはできない。サージスができることが私にはできない……誰が一番なの？」

え？

「だけど……シャルができないことをサージスはできる。サージスにできないことを私はできるし、私にできないことがリオちゃんにはできる」

ああ、そうか。そうなんだ。人の優劣なんて……一つの物差しだけで比べられるわけないんだから……。シェリーヌ様が言葉の続きを口にする。

「ボクにできない雷魔法を、職員さんは使うことができる。みんな違って……みんなすごい」

そうねと、シェリーヌ様が小さくつぶやく。

私にはクズスキルしかないから……と、私なんか……と、思っていた自分が恥ずかしい。

何を目指していたんだろう。私は何になりたかったんだろう。サージスさんのようになりたかったのかシャルのようになりたかったのか。

同じものになろうとすれば確かに劣っている。

だけど……違うんだ。違うんだから、サージスさんと同じように強くなくたって、シャルのようにすごいスキルがなくたって、私なんかなんて思うことはなかった。

「職員さんを私はすごいと思ったんです。だけど、職員さんは自分なんか出来損ないだと言う。すごいと私は思っているのに、そんなふうに言われたら悲しいって知りました。だから、私はもう二度と言わない。私なんかなんて……」

職員さんの表情がゆるんだ。

「……そう、だな。私なんかなんて言っている暇があれば、できないことを認めたうえで、できることを増やす努力をするべきだな……」

職員さんの手が伸びて、私の手の平から千年草の欠片(かけら)をつまみ口に入れた。

「あっ。こりゃすごいな。あっという間に痛みがなくなった。肋骨(あばらぼね)が折れたと思ったが……

「え？　肋骨が折れてたんですか？　それなのにそんな平気な顔をしてて……す、すごいです、すごすぎますっ」

職員さんがくすりと笑った。

「は、ははは。そうか、私は痛みに強いという長所もあったんだな」

シェリーヌ様はにこりと微笑みながら、職員さんに釘を刺した。

「今後の成長に期待するわ。人を見た目で判断しないこと、自分で処理できない事態なら周りの者と協力する体制を整えること、まだ厄災は続くのだから」

職員さんが表情を引き締めてはいと頷く。

ああ、それにしても私……。クズスキルしかないから私なんて……と言うのは、私と同じようにクズスキルしかない人間を馬鹿にしていたのに等しいのかも。いちばんキルで人を差別していたのは私自身だったのかも……。

スキルでしか人を見ることしかできない人……。見下し馬鹿にし差別する人と、根本は同じだったんだ。スキル以外で人を見たら見えてくるものも違うんだ……。

「みんな違って、みんな……すごい……」

ああ、こんなすごい人ばかりなんだから、鬼に負けるわけない。

「そろそろ勝負がついたころかしらね？」

シェリーヌ様が崖から谷底を覗き込んだ。

「ああ！」

後ろから覗き込むと、想像とは違う光景が広がっていた。

目を離した時には、すでに八岐大蛇の頭は半分の四つ落とされていたはずだ。

「頭が六本……？」

そう、八岐大蛇の頭は六本ある。

地面には切り落とされた頭が二十余りあった。

フェンリルさんが八岐大蛇の頭を根元から一つ食いちぎると、その向こう側では新しい頭が一つ再生していた。

「頭が再生されている……それもものすごい勢いで……」

職員さんのつぶやきに青くなる。

「ドラゴンとフェンリルとゴーレム……あの三体で攻撃しても倒せないというの？」

シェリーヌ様の言葉に心臓がバクバクと変な音を立てる。

倒せない？　そんなこと考えたこともなかった。

三体はとても強くて、勝てると思い込んでいた。もし、勝てなかったら？

死。……やだ。そんなのっ。

「それほど長い時間戦っているわけではないけれど……随分疲弊しているようね？　何が起きているの？」

どうしよう。どうしたらいい？　私に何ができる。

「ギュンター、聞こえる？」

シェリーヌ様が八岐大蛇と戦っていたシェリーヌ護衛団の一人に通信アイテムで話しかける。

『はい、シェリーヌ様、我々は全員無事に離脱しました』

「良かったわ。それよりも八岐大蛇……あのモンスターのことについて聞きたいの。ものすごい速度で再生するわよね？」

『ええ。攻撃が効いたと思ったら次の瞬間には再生が始まり、新たな傷をつけるころにはふさがっているの繰り返しでした』

「他に何か気が付いたことはない？　なんでもいいわ。どこかだけ再生が遅かったとか、ある場所をかばうような動きをしていたとか」

シェリーヌ様が実際に八岐大蛇を相手にしていた人たちに情報を聞き出している。

ああ、そうだ。できることは剣を持って戦うだけじゃない。情報も力だ。

【八岐大蛇：ヤマタノオロチ・日本で一番恐ろしいと言われる怪物・八本の頭と八本の尾を持つ・若い娘を食べる】

もっと情報を！

【八岐大蛇：『古事記』では八俣遠呂智・高志から来た・須佐之男命により退治される】

退治？　どうやって？

シェリーヌ様がギュンターから情報を聞き出して頷いている。

「そういうこと……。八岐大蛇の血には毒があるらしいわ。その毒を受けて、フェンリルたちの動きが鈍くなってきているのね……」

「毒？　どんな毒ですか？」

千年草があれば毒で弱った体は回復する。死ぬことはない。毒を体から消すには解毒ポーション、毒消し草、解毒魔法。収納鞄の中には解毒ポーションも入っているけれど……。

体内に入った毒を解毒しても、またすぐに血を浴びてしまえば毒に侵される。いたちごっこだ。人であれば、全身を何かで覆って血を浴びないようにすればいい。

けれど、フェンリルさんの武器は牙や爪だ。

ドラゴンさんのブレスに頑張ってもらう？　でもどうやらあの高温のブレスは次に発動するまでにある程度の時間が必要みたいだ。八岐大蛇の首を一本ブレスで焼いても、次にブレスを吐く前に再生してしまう。毒を何とかしないと。

崖下を見ると、フェンリルさんの飛躍力が明らかに落ちている。

『リオ、聞こえる？　どこにいるの？』

すると、刀を届けに行っていたシャルから通信が入った。

「シェリーヌ様のところ」

『分かったすぐに行く』

「まって、お願いがあるの。シャルに運んでほしいものが」

『何？』

「とりあえず、強い人を連れてきてほしい」

『分かった。強い人だね』

シャルとの通信が切れる。

考えるんだ。他に何がいる？　解毒……毒……。

あ、消毒は？　消毒に使える強いお酒で血の毒を消せないだろうか？

駄目でもともとだ。やってみる価値はある。酒は鬼退治のために大量に買い込んである。

「ドラゴンさーん、私を八岐大蛇の上に」

「リオちゃんっ、何をする気？」

収納鞄の中から酒の入った樽を取り出す。

「消毒につかえる強いお酒が入っています。毒のある血を消毒できないかと思って……」

職員さんが頷いた。

「八岐大蛇にぶっかけるつもりですね。手伝います」

「ありがとうございます」

ドラゴンさんが私をわしづかみにしようとするのを止める。

「ドラゴンさん、今は背中に三人乗せて」

「ガガガ【分かった】」

三人を背に乗せるとすぐにドラゴンさんは上昇して、八岐大蛇の上空を旋回しはじめる。

収納鞄からどんどん酒の入った樽を取り出し、三人で手分けをして酒を八岐大蛇に振りかけていく。

「あら……？　毒に効いているかは分からないけれど、もしかして酔っぱらってる？」

シェリーヌ様の言葉に改めて見ると、八岐大蛇の首と首がぶつかったりと動きがちぐはぐしている。

「今がチャンスですね！」

職員さんが嬉しそうな声を出した。

「ああ、でもフェンリルさんが……もう限界なのかも」

足元がおぼつかない。

「……ねえ、リオちゃん、あれって、フェンリルも酒に酔ってるんじゃ……」

【フェンリル：日本狼・酩酊状態】

ええええええ！　そんなぁ！

職員さんが悔しそうな声を出す。

「せっかくのチャンスなのに……」

「ごめんなさい」

「リオちゃんが謝ることないわ。それに、いくら八岐大蛇が酔っぱらっていると言っても動きが鈍くなるだけで再生スピードが落ちているわけじゃないわ。弱点を見つけないと」

弱点か。

「やはり心臓ですかね？　ゴーレムが胴に着地したときに動揺していたように見えましたし、頭は常に胴を守るような動きをしています」

職員さんはよく見ているんだ。

「胴体を攻撃しようにもあの頭が邪魔ということね……。ということは、再生する前に全部落として胴体を攻撃。確かにドラゴンやフェンリルやゴーレムは強いけれど手が足りないわね」

シェリーヌ様の言葉に、声を上げる。

「さっき、シャルと連絡がついたので、強い人を連れてきてくれるはずです」

シェリーヌ様がうんと頷く。

「サージスかしら？　一人二人増えてもまだ足りないわよね。一斉に息を合わせて首を落とすためには最低でもあの首を落とせるだけの戦力が八ついるということだもの」

確かに。八つの頭は独立して動いている。あっちにこっちにと。少ない戦力ではもたもたしている間に再生してしまう。

「戦力を整えて当たったほうがいいかしらね。それか……私の魔法で……。だけど、それでも倒せるかどうか正直分からないわ。まだ魔力が十分にたまっていると言えないし」

シェリーヌ様の言葉に職員さんが頷いた。

「戦力を整え、作戦を練りませんか？　すでに応援要請はしてあります。酒で動きが鈍くなると分かれば、街へ近づくのは抑えられるかもしれませんし」

職員さんの言葉にシェリーヌ様が難しい顔をする。

「そうね。私の魔法でとどめを刺せなきゃせっかくためた魔力を無駄にしちゃうということだものね……」

何か方法はないのかな。一度に八つの頭を……か。

「ゴーレムさん、頭を全部まとめて捕まえることはできる？」

「ぎぎ【やってみる】」

ゴーレムさんの巨体ならと思ったけれど、両腕を回して抱えられる頭の数は四つ。動き回って逃げる頭を追いかけている間に別の頭が逃げ出してしまうから四つが限界のようだ。

「ぐるるるっ【まとめて歯牙にかけてやるわ】」

フェンリルさんがゴーレムさんの捕まえている頭を四つ次々と噛みちぎっていった。酔っていてもフェンリルさんは強い。

すぐさまゴーレムさんは残りの四つの頭を捕まえようと動き出す。

四つの頭を捕まえたと思ったら、すでに落とされた頭の再生が始まっていた。

「すごいわね、これなら戦力は八ついると言ったけれど、もっと少なくて行けるんじゃないかしら？　サージスが頭を一つ。あと胴体への攻撃はドラゴンに頼むとして。残りは三つの頭」

シェリーヌ様が考え始める。まとめて頭を落とす……か。

『リオ、サージスさんと合流した。何か他には？』

通信腕輪からシャルの声が聞こえてきた。

「シャル、王都のギルドのあの時のお姉さんを連れてきてほしいの」

『は？　誰？』

「サージスさんが逃げ出そうとしたときに捕まえたお姉さんいたでしょ？」

名前とか分からない……。

『ちょっ、まさかまた俊足スキル持ちに運ばれるのか？　冗談じゃないぞっ』

『黙っていてくださいサージスさん。すぐに連れてく』

「うん、お願い」

『というか、リオ、一体何があったんだ？　強い人をつれてこいって、鬼か？』

サージスさんの声が聞こえる。

「鬼じゃないです。ですが……般蛇（はんじゃ）……以前戦った半分蛇（へび）だった鬼のように大きな、蛇の頭を八つ持った巨大なモンスターが現れました」

私の言葉に息をのむ音が聞こえる。

『急ぐぞシャル』

サージスさんの言葉に通信が切れた。

それから十秒ほどしてシャルが飛んできた。サージスさんたちと一緒に。

「うわっ、なにこれ、ドラゴンの背中か？」

サージスさんに続いて、将軍が声を上げた。

「あれか。でかいな……」

「シャ、シャル、なんで将軍が……」

まさかの偉い人登場にびっくりして息をのむ。

「王都に行ったついで。ギルドにちょうどいたから連れてきた」

ちょうどいたからって、ほいほい連れてきていい人じゃないよね？

「私はどうして連れてこられたの、ですかね？」

ギルドのお姉さんがびっくりしている。

「あの化け物……八岐大蛇(やまたおろち)は首を落としてもすぐに再生してしまいます」

ゴーレムさんが首を一つ引きちぎり、失った首がみるみる生えてくる様子を将軍たちが見る。

「首はいくつ落としても致命傷にならないのよ。それで仮説を立てたの。胴体をかばうような戦い方をしているから、胴体が弱点じゃないかと」

シェリーヌ様の説明を聞いて、将軍が頷く。

「なるほどな。胴体を攻撃するには、頭が邪魔、まずは頭を落としてそれからがら空きになった胴体……心臓がありそうな場所へ攻撃を仕掛けるというわけか」

ギルドのお姉さんが首をかしげる。

「私は戦えませんよ？　ギルドの職員で、冒険者ではありませんし」

「お姉さんのスキルで協力してほしいんです。……ゴーレム、頭を捕まえて」

「ぎぎぃー【さっきみたいにだな】」

ゴーレムさんが四つの頭をひとまとめにした。

「なるほど、そういうことなのね。……でも、私のスキルじゃ何秒持つかわからないわ」

「ああ、そういうことか。一本ずつ頭を切り落としても次の頭を切り落とすまでに再生しちまうから、一度にまとめて切り落とすってことだな。イチニノサンでいいか？」

サージスさんが刀を構えた。

お姉さんが頷く。

ドラゴンさんが下降して八岐大蛇の首が届くか届かないかの位置で旋回する。

「イチニノ……サンッ」

サージスさんの合図で、お姉さんがスキルを発動する。

「【スキル発動：捕縛】」

鞭(むち)のようなものがぐんぐんと伸びて、ゴーレムさんがとらえきれなかった残りの四つの頭をぐるぐる巻きにしていく。

フェンリルさんがゴーレムさんの捕まえている頭に噛(か)みつき次々と落とす。

そして、ドラゴンさんから飛び降りたサージスさんが刀でお姉さんがとらえている首を斬りつけた。

ガキィーンと、変な音がしたかと思ったら、サージスさんの持っていた刀が折れた。

代わりの刀をサージスさんに渡そうと慌てて収納鞄(かばん)の中に手を入れる。

「もう、もたない、引きちぎられそう」

お姉さんが苦しそうな声を出した。

「任せておけっ！」

将軍が刀を鞘(さや)から抜いてドラゴンさんから飛び降り、そのままお姉さんがまとめていた首を四つ切り落とした。

「今よ、胴体へドラゴンブレスを！　って、将軍とサージスが逃げられないわっ。シャルっ」

そうだ。せっかく全部の首を落としたのに、胴体への攻撃が……！

「鬼じゃなきゃ、こっちでも構わないだろっ！」

サージスさんが腰に下げていた剣を抜いて胴体を斬りつけた。ぶしゃんと血が飛び散る。

あっ、そういえば血が毒だというのを伝えてないっ。

慌てて酒樽を取り出すと、すぐにギルドの職員さんがそれを摑んで中身をぶちまける。消毒。

「ああ、そろそろ頭が再生しそう」

悲鳴のような声をシェリーヌ様があげる。

「ぎぎー【そうはさせない】」

ゴーレムさんがサージスさんが斬りつけた胴体の傷に両腕を突っ込み、押し広げる。

「ぐるる【これで終わりだ】」

フェンリルさんがゴーレムさんが押し広げた部分から八岐大蛇の中へと突っ込み、そして、体を突き抜けて反対側から飛び出してきた。

その口にはどす黒い生々しい塊が咥えられている。

どくどくと波打つそれには【八岐大蛇の心臓】と文字が浮かんでいた。

「これが、やつの心臓か」

将軍が、刀を八岐大蛇の心臓に突き刺した。

すると、再生しかかっていた頭は再生を止める。うねうねと動いていた尾は力を失い地面に張り付き、穴の開いた胴体がどさりと倒れた。

「やった！　倒したぞ！」

職員さんが拳をつくって手を突き上げる。

ギルドのお姉さんとシェリーヌ様が手を取り合って喜んでいる。

私は喜ぶよりも、毒の血を浴びたサージスさんが心配でそれどころじゃない。なんで、伝え忘れたんだろう。耐毒アイテムだってあったのに。

「シャル、飛んでっ！」

サージスさんがぐらりと揺れて両膝をついた。

「将軍、八岐大蛇の血は毒です。大丈夫ですか？」

サージスさんと将軍と一緒にシャルが崖の上に飛んだ。

「あ、ああ、何かちょっとしびれると思ったら毒か。問題ない、解毒ポーションを飲むからな。ほら、サージスも飲んどけ」

将軍が鞄からポーションを二本取り出し一本をサージスさんに渡した。

サージスさんが何も言わずに蓋を開けてポーションを飲む。

「よし。回復」

将軍がパンっと自分の頬を両手でたたいた。

「サージスさん？　どうしたんですか？　解毒ポーションが効かないんですか？」

同じように解毒ポーションを飲んだというのに、サージスさんの目はトロンとして覇気がない。状態異常としか見えない。

ぺたりと力が抜けた状態で座り込んだまま焦点の合わない目で将軍を見る。

「ずるいなぁ～将軍」

将軍がサージスの顔を覗(のぞ)き込んだ。

「ああ、こりゃ酔っぱらってるな」

え？　酔っぱらってる？

「将軍は本当にずるい～」

サージスさんが将軍に絡んでいる。

「降りたときから酒の匂いがプンプンしていた上に、強い酒をあれだけ浴びたからなぁ。サージスはあまり酒に強くないから」

そうなの？

「まぁ、ちょっとめんどくさくなるが、すぐに元に戻るよ」

シャルが嫌そうな顔をした。

「あーあ。これじゃあダンジョンに返すわけにもいかないね。リオちょっとサージスさん見てて」

ほっと息を吐き出す。

「酔っぱらってるだけなんだ。良かった……」

酔っぱらいは見たことがある。お酒が抜けるまでには時間がかかるんだよね。その間サージスさんはゆっくり休めるんだ。私は……そうだ。おいしいものを作ろう。酔いが冷めたら食べられるように。

「すまんがシャル、私はやることが残っている。すぐに王都に返してくれ」

将軍の言葉にシャルが頷いた。

「じゃあ、さっさと戻ってくるから」

シャルの言葉に、鞄から鍋を取り出しながら答える。

「うん、ボクはサージスさんの酔いがさめるのを待ちながら料理してるね」

私の言葉に、将軍がシャルの手を逃れる。

「……シャル、すぐ王都に返してくれと言ったのはあれは嘘だ」

「は？」

「リオの料理を食べるくらいの時間はある」

シャルが将軍の腕をとりドラゴンの背に飛んだ。

「いやだー！　食べる、ひと働きしたんだから、おいしいものを食べる権利は私にもぉぉぉぉ」

ドラゴンから飛び降りようとする将軍を、ギルドのお姉さんが捕縛しているのが見えた。

……あれ？　おかしいな。将軍って、偉い人だよね？

# 第六章 ✦ 酔っ払いとすき焼き

崖の上に残ったのは私と酔っぱらったサージスさん。それからゴーレムさんだ。

ドラゴンさんは冒険者たちを回収して、事後報告のためにギルドに行くシェリーヌ様と職員さんを運んで行った。

フェンリルさんは全身八岐大蛇の血で汚れてしまったため水浴びに出かけた。

他に人がいないし、サージスさんはぼんやりとしている状態だし。宝箱を取り出す。

【醤油】ふふふ。これを使ってみよう。何ができるのかなぁ。

「ぎぎー！【その匂いは醤油だ！】」

ゴーレムさんが興奮気味に宝箱を覗き込んできた。

「はい。知ってるんですか？」

「ぎぎぃぎぃ！【知ってるさ。おいら醤油があればご飯を何杯でもいけるぞ。醤油団子もうめーな】」

醤油団子？

「キビ団子にこのしょうゆを混ぜるの？　塗るの？」

「ぎぃぎ！【キビ団子とは違う、米の団子だ。贅沢品だ。醤油を塗って焼くんだ】」

……えーっと、米の団子？　塗って焼く？　っていうか、米はないよ？

「えーっと、ごめんなさい。ここにある材料と醬油で何が作れるかな？　作り方を知ってるものを教えてもらえると嬉しいけれど……」

野菜ときのこを取り出して見せる。

「ぎぎ【野菜……きのこ……肉がない……そうだ、肉、豚肉じゃなくて牛肉、待ってろ、取ってきてやる！　すき焼き作るぞ！】」

すき焼き？　ジャパニーズアイで出てきた文字にあった気がする。と考えている間にゴーレムさんは行ってしまった。素早い。

【醬油：調味料・卵かけご飯、冷ややっこ、すき焼き、肉じゃが、焼き魚、寿司……】

そうだ。醬油に出てきた文字にあった。すき焼き、どんな料理だろう。

ゴーレムさんが戻ってくるまでにキビを茹でることにする。

お湯が沸いたところで、白湯をサージスさんに手渡す。

「酒か？」

違いますよ。でも、否定せずにあいまいに笑っておくと、サージスさんがグイっとコップをあおった。

「サージスさん……大丈夫ですか？　熱いですよっ」

「大丈夫だ、俺は鍛えている」

いや、体を鍛えても舌はやけどしますよね？

「俺は……誰よりも鍛えてるんだ……」

サージスさんがしょんぼりとしている。

「なのに、ずるい……」

どうしたんだろう。いつものサージスさんと様子が違う。

「何がずるいんですか？」

サージスさんが折れた刀をぽんっと放り投げた。

「俺には刀が使いこなせない……この通り折ってしまった。剣豪スキル持ちの将軍はあっという間に刀をあれほど使いこなしてる……」

剣豪スキルを持っている将軍がずるい？

スキルなんて関係ないといつも言っているサージスさんが……何を言っているんだろう。

「ガルモは番の武器を手に入れた。あっという間に俺を超えていくんだろう……ずるい」

酔っているから？　心の奥の声が、弱音が出てしまっているの？

「そ、そうですよ、将軍は刀で、ガルモさんは鉞で、それぞれ違う武器が得意なんですから……サージスさんにも一番合う武器がありますよっ。そ、そうだ、番の武器がいつか見つかるかもしれませんし！」

慰めようとして出た言葉に、サージスさんが寂しそうな顔を見せる。

「番の武器は……伝説ではスキルに合ったものらしい。俺には武器系のスキルはないから、番の武器は手に入らない」

サージスさんのスキルは雨ごい。

雨ごいって……竜神様の加護なんだよね。すごいんだよ。でも、確かに武器とは関係ないか。

「あー、うらやましい。スキルなんて関係ないと思っても、ときどきどうしても、剣術系スキルを持った人間が羨ましくて妬ましくてどうしようもなくなるっ」

サージスさんが地面をこぶしで殴りつけた。爆発しそうな感情を発散しているように見える。

……ギルドの職員さんも、私から見ればすごいのに、自分は駄目な人間だと言っていた。

サージスさんだって、S級冒険者なのに。すごいのに、それでも人より劣っていると感じたり、人のスキルがうらやましくなったりするんだ。

「サージスさん、ボクは片目が黒くなるだけのクズスキル持ちだったから、ずっと劣等感を抱えていました。有用なスキルのある人がうらやましいと思ってました」

サージスさんが私の顔を見て小さな声で謝った。

「すまん……俺は……スキルなんて関係ないって言いながら……」

「実際関係ないんですよね。どんなすごいスキルを持っていても、望んだスキルを持っていても……結局は生き方一つで幸福度も満足度も変わってしまうんですよね……」

サージスさんが首をかしげる。

「シャルは、自分のスキルを最大限に生かす方法を考えて実践してる。戦わないで逃げることに特化しようとしてる。一方でシェリーヌ様は本当は鑑定スキルが欲しかったのかもしれない……けれど、スキルがなくてもそれを鑑定スキル持ちに協力してもらうことで補ってドロップ品研究の第一人者になっています。……スキルとの向き合い方は人それぞれで……」

どう伝えれば伝わるんだろう。

スキルにとらわれすぎて不幸になることもある。私がそうだ。馬鹿みたいにクズスキルしかないからと無駄に傷ついてきた。馬鹿にされてもどういう生き方をしたいかが分かっていれば、気にすることもなかったかもしれないのに。

だって、もし剣術スキルを持っていたとして、剣士になりたいのかと問われれば、なりたくないと今なら言える。

剣士になりたくないから剣術スキルはいらない。だから私はこのスキルで十分だとフューゴさんに言えたかもしれない。

「有用スキル持ちが羨ましいと思っていた自分が、今は馬鹿だなって思ってるんです。算術スキルがあっても、ボクは商人になりたくないし、植物育成スキルがあっても、農業もしたくない。ボクは……いろんなドロップ品を手にできるのが好きなんです。荷運者(ポーター)として、ドロップ品を見分けて拾い集めるのが大好きなんです。その……もし剣豪スキルがあれば、サージスさんは将軍のように国のために働かなくちゃいけなかったかもしれないんですよ？　今のＳ級冒険者では不満なんですか？」

サージスさんがハッとした顔をする。

「あ、ははは、確かにな。剣豪スキルなんてあったら小さいころから自由がなさそうだ。それに番の武器が手に入るスキルがあっても、ガルモのように鉞で戦いたくはないな。俺は剣を振るのが好きだからな。だから剣を持って、冒険者になったんだった」

『また、坊主は落ち込んでおったのか……』

へひゃっ。

突然見えた文字に辺りをきょろきょろとする。見上げると、竜神様の姿があった。

『まったく。我の加護というスキルが気に入らないのか……人から頼まれねばスキルを使おうとせぬ。それでいつまでたっても我の姿も見えぬのだ……』

竜神様も何やら愚痴めいたものを口にした。

そうか。サージスさんはスキルをあまり使わないからスキルのレベルも上がらないんだ。上がれば竜神様と会話ができるようになるのかな？

「えっと、サージスさんは雨ごいスキルは使わないんですか？」

唐突に話題を変えてしまった感じもあるけれど、酔っているサージスさんは気にならなかったようだ。

「使うぞ。干ばつで雨が必要だと言われればどれだけでも使う。……そうだな、困っている人を助けられるんだから嫌いじゃない」

「えーっと、頼まれたとき以外は使わないんですか？」

「は？」

サージスさんが驚くのも無理はない。自分でも何を言っているんだと思う。必要もないのに雨を降らせてどうすると言うんだろう……。

『もっと気軽に使えばいいものをなぁ。雨の強さも範囲も自由だからな。先ほどの八岐大蛇との闘いでも、毒を浴びぬよう激しい雨で返り血を跳ね返すこともできたんじゃ』

「え？　そんなこともできるんですか？」

思わず声を出してしまう。

「リオ、何を言ってるんだ？」

流石に酔っぱらっているサージスさんでも私が突然大きな声で独り言を言えば驚くよね。

「サージスさん、雨を降らせてもらえませんか。ほら、その八岐大蛇の死体の上に。血で回りがすごい状態なので綺麗にしてください」

「は？　いや、雨は降らせてもいいが、俺たちもびしょぬれになるぞ？」

ん？

「いえ、あそこだけに」

「そんなことできるわけ……いや、できるのか？　雨ごいするときには乾いた土地に雨をと願っているが……それもそもそも乾いた土地という範囲と、潤うようにという量を指定していると言えばそうなる？」

突然ひらめいたとばかりにサージスさんが両手を上げた。

「八岐大蛇（やまたおろち）の血を洗い流すように雨よ降れ」

サージスさんの言葉が終わるか終わらないかのうちに、まるでそこだけ丸く切り取ったように八岐大蛇の死体の上だけに雨雲が現れて雨を降らせる。

「あ、できた」

サージスさんがパチクリと瞬（まばた）きして驚いた。

「雨の強さも調整できるんじゃないですか？　もっと土砂降りにしたり、霧のように細かい雨にしたり」

サージスさんがうんと頷（うなず）いた。

「雨よ強くなれ！」

ドシャーっと雨が滝のように降る。

「雨よ弱くなれ！」

今度はしとしとと雨が降る。

「うお、できた。これって、もしかしてもっと範囲を狭くして、鍋の中やコップの中に雨を降らせれば水魔法みたいに使えるのか？」

サージスさんの言葉に、竜神様が首を激しく横に振っている。

『そんなことでいちいち呼び出すでないっ！　月に一〜二度だ。それ以上は付き合い切れんわいっ！』

あはは、そうですよね。

「よし、試してみるぞ！」

サージスさんがコップを掲げる。

「雨よ、コップに水を満たすように降れ！」

竜神様がはぁと大きなため息をついている。雨は降らない。

「あれ？　駄目だ。小さすぎるのか？」

「えっと、ほ、ほら、サージスさん、誰が見ても『雨だ』と分かるサイズじゃないと無理なんじゃないですか？　コップの大きさにだと、雨というより水が落ちてきたみたいですし？」

サージスさんがなるほどと頷いた。

あ、納得しちゃうんだ。

「なるほどな。雨だと分かるようにか。ということはダンジョンの中じゃ使えないんだな。ダンジョンの中に雨は降らないからなぁ。あとは部屋の中でも無理か？　いや、使えばひどいことになるな」

サージスさんがいろいろと考えている。

『雨を降らせる以外にもできるんじゃがな。加護だから、サージスが望めばな。ま、スキルレベルが上がってからのお楽しみじゃな。どうやらもう落ち込んではおらんようじゃ。またな』

竜神様がぐるぐると空高く上がっていき、去っていった。

「雨よ、ゴーレムがいる場所に降れ」

はい？

「あー、降らないな。どこにいるのか探したい相手の場所に降れば便利だと思ったんだが」

「それ、相手は迷惑ですよね……それよりも、激しい雨で視界を奪ったり、足止めをしたりとかにつかえたりしないですか？」

サージスさんがポンっと手を打った。

「すげーな、リオ。その発想はなかった！　確かに、戦いに使えるかもしれないな。ドラゴンだって、土砂降りじゃ空を飛ぶのが大変になるだろうし、ゴーレムならぬかるんで柔らかくなった地面を進むのは困難になるはずだ」

「えっと、……どうして味方の足止めを……？」

まさか、厄災が終わったら倒してやろうなんて考えてたりしないですよね……？

「あはは、例えばだよ、例えば」

ガシッとサージスさんの手が私の頭をつかみ、グラグラと揺らす。

ちょ、力加減。酔っぱらいは、力加減を考えてください。頭が激しく揺さぶられる。

「新しい戦い方……俺にもスキルを使った戦い方があるんだな……」

揺れが収まり、サージスさんがぼそりとつぶやいた。その目はお酒のせいか少しうるんでいる。

「リオ、俺はもっと強くなれる。そうだろ？」

ニカッといつものようにサージスさんが笑った。

「はい、もちろんですっ！」

サージスさんが両手を突き上げた。

「そうと決まれば、特訓だ！　雨よっ！　視界を遮るほどの激しい雨よ！」

……。特訓って。竜神様は付き合い切れないって言ってたのに。

「あれ？　降らない。なぜだ？」

もう、竜神様いないからです。

「えーっと、何度か使ったので、スキルの発動回数を超えたのでは？」

「え？　……あ、確かに、そうか。雨ごいを連続で使ったことはなかったな。さっき使ったばかりだからか……」

「そうですよ、きっと。まずはどれくらいの頻度で力が回復して使えるかとか検証したらいいんじゃないですか？」

サージスさんが自分の手を見た。

「そうだな」

ドシンドシンと地響きがしてゴーレムさんが戻ってきた。でかい牛を運んできた。

「ぎぎ【すき焼き作ってくれ】」

「お、肉か！　牛だな、牛！　ピリッとしたやつで焼くのか？」

サージスさんが牛を見てニコニコ顔だ。

「ぎー！【焼かない！　すき焼きにするんだっ！】」

へ？　すき焼きって、焼かないの？　ちょっと待って、すき焼きって何？　焼くって言ってるのに焼かないの？　てっきり醤油で焼けばできるのかな？　と思ってたのに。

「おう、わかったわかった、ゴーレム、そう慌てんなって。血抜きしてから俺がさばくの待ってろ。これだけでかい牛だ。分厚く贅沢に切って焼こう」

「ぎーぎぎ【焼かないっつってんだよ！　すき焼きだよ、厚切りじゃない、薄切りだっ！】」

ドシンドシンと、ゴーレムさんが地団太を踏む。

「あはは、嬉しそうに踊ってるぞ」

……うん。ゴーレムさんの気持ちは全くサージスさんに伝わっていないようです。

そして、私もすき焼きとは何なのかさっぱりわからないです。

「ただいま」

シャルが戻ってきた。

「あ、そうだ。なぁリオ、あれは食べられるのか？」

サージスさんが牛の皮をはぎながら、谷底を指さす。

「アレって、まさか八岐大蛇（やまたおろち）のことじゃないですよね？　食べられるわけないじゃないですか！　血が毒だったでしょうが！」

シャルが馬鹿にしたような目つきをサージスさんに向ける。

確かに血が毒だったけど。お酒で消毒できるし……。食べられるのかな？

谷底を見る。

「ちょっとリオ、確かめなくていいから！　食べられないよっ！　あんな気持ち悪い化け物！」

【八岐大蛇の亡骸（なきがら）】

うん、亡骸って表示された。

……ん？　もう一つ文字が出てる。

サージスさんがとどめを刺した心臓のあった辺りだ。雨で血が流されて何かが出てきた？

【天叢雲剣：あめのむらくものつるぎ・あまのむらくものつるぎ・あめのむらぐものつるぎ・あまのむらぐものつるぎ】

ん？　剣？　いろんな名前で呼ばれているということ？

「シャル、谷底に飛んで」

シャルの手をつかむと、シャルががくんと頭を下げる。

「アレ、食べれるの？　食べる気？　はぁー……あー」

ぶつぶつ言いながらも飛んでくれる。

「うわ、なんか水浸しだけど、雨でも降ったわけ？」

谷底はサージスさんの振らせた雨で地面が濡れていた。血はすっかり流され、心臓も血抜きをした肉のようになっている。

【八岐大蛇の心臓：猛毒】

「これ、本気で食べるつもり？」

シャルが大樽の三倍くらいありそうな巨大な八岐大蛇の心臓に手を伸ばす。

「ダメ、シャル、触らないでっ！」

とっさにシャルの体を後ろから抱き着いて引き留める。

「なっ、何？」

シャルが驚いた顔で私を見た。

「猛毒って出てる。触っただけで毒に侵されるかも」

「出てる？　ああ、スキルで文字が見えるんだっけ。それに猛毒って書いてあるってこと？じゃあ、食べられないね。うん、あ……」

シャルが何か思いついたように口を開いた。

「ギルドの人間が後で回収に来るかもしれないね。毒だって教えておいたほうがいいか。まさか食べようとはしないと思うけど、うかつに触らないようにって忠告は必要だね」

シャルの言葉は耳に届かない。もう一つの文字が気になって。

【天叢雲剣】と見えている裏側に回る。

「あった」

「え？　何が？」

シャルが私の後ろから八岐大蛇の心臓を覗き込む。

「剣の柄？」

そう。剣の柄が見えているのだ。それに【天叢雲剣】の文字。

「ドロップ品？　……じゃ、なさそうだよね？　八岐大蛇の死体は残ったままだし」

たしかに、ドロップ品なら倒したモンスターが光って消えて、そのあとに残る。

猪や兎を倒しても、死体は残るし何もドロップしない。この八岐大蛇は死体が残っているからドロップ品も落とさないと私も思う。

「それに……ドロップ品にしてはボロボロすぎるよね」

シャルが剣の柄を拾った木の棒の先で突いた。

突くと途端に、ボロボロになった剣の柄から、錆びた欠片がはがれて落ちた。

「どうするの？　コレ？　形からすれば、刀ってわけでもなさそうだけど……」

シャルの言葉にうんと頷く。

剣と出ているのだから、刀ではないだろう。

「もしかして、昔の誰かが八岐大蛇を退治しようとして心臓に刺した剣とかが残ってたのかな？　心臓に剣をさされても死ななかったとしたらすごいよね……いや、ボロボロとはいえ、猛毒の心臓に刺さっても朽ち果てずに柄が残ってるこの剣もすごいのかな？」

シャルがうーんといろいろと考えて首をひねっている。

私の頭の中には、同じようにボロボロだった【金太郎の鉞】が浮かんでいた。

熊さんが長い間守っていた鉞。かろうじて地面に刻まれた形から鉞だったというのが分かるほどボロボロだった。

それでも、熊さんが神となって残骸に宿ったとたん、鉞は命を吹き返した。

「もしかしたら……」

この【天叢雲剣】もそうなの？　ジャパニーズアイで文字が見えるということは、ただの剣ってことはないってことなの？

でも。もし持ち主の手に渡すために守っていたのだとしたら、八岐大蛇が神としてこの剣に宿るはずだったんじゃ……。殺してしまった。神が宿るはずだった剣なのに、神が宿ることは無くなってしまったってこと？

ぶるると体が震える。八岐大蛇を殺すべきではなかった？

でも、八岐大蛇の唸り声が言葉としてスキルで見えたりしなかった。人に何かを伝えようという意思があったとは思えない。

もし、守っていたとしても心臓に刺すなんておかしな話……だよね？

シャルが言うように、昔の人が八岐大蛇を倒そうとして心臓に突き刺しただけ。

きっとそうだ。バクバクと心臓が高鳴る。

「何て顔してるの？　ドロップしたものじゃなくても、昔のドロップ品ってこともあるよね？　ボロボロだけど、持ってく？」

私が顔色を悪くしたからだろうか。シャルが慰めるような声をかけてくれる。

シャルが木の棒を、剣の柄輪っかに刺して吊り上げるように引っ張り上げた。

「あ、刃のほうはもうだめだね」

シャルが吊り上げたのは剣の柄の部分だけだった。刃はすっかり心臓の中に溶け込んでしまったのか、何も残っていない。

「まぁいいや。シェリーヌんとこ持って行ったら何か分かるかもよ」

シャルが私の収納鞄の口を開いて【天叢雲剣】の柄を入れた。

「で、あと何か気になることある？　食べられないって分かったならサージスさんも満足でしょう。戻ろう」

シャルが私の手を取って崖の上に戻った。

「ぐるる」

いつの間にかフェンリルさんが戻っていて、サージスさんを前足で踏みつけていた。

「ちょ、フェンリル何してんの？」

シャルが慌てて声を上げる。

「ぐるるっ【こやつが悪い。醤油があるんだから、すき焼きを作ると猿に聞いたぞ？　それなのに、こいつは肉を焼こうとしたんだ。我が押さえつけて焼くのを阻止している】」

「ちょっと、離せ！　独り占めしたりしないから。ちゃんとみんなの分も焼いてやるって言ってるだろ！　リオ、説明してくれよ。フェンリルは俺が全部食べちまうと勘違いしてるんだ」

……。そうじゃ、ないんですけどね……。

「あの、フェンリルさん、すき焼きの作り方を教えてもらってもいいですか？」

「ん？　すき焼き？　なんだそりゃ？　どうやって焼くんだ？」

サージスさんがワクワクとした表情を見せる。

「ぐるる【薄く切った肉を鍋に入れろ、それから砂糖と酒をいれるんだ】」

「え？」

砂糖と酒って言いました？　砂糖……？

肉を薄く切って、鍋に入れる。ゴーレムさんが肉の脂身をつまんで横から鍋に放り込んだ。

「ぎぃー【牛脂が先だ】」

ゴーレムさんの横に【鍋奉行】という文字が浮かんだ。

何？　まぁいいや。肉が焦げないように注意しながら酒と砂糖を入れる。

「ちょ、リオ何するんだ！　肉だぞ？　それは塩か？　塩なら入れすぎだし、砂糖なら肉に砂糖なんてありえないだろう！」

うん、そうですよね。お菓子でもない料理に砂糖を使うなんて聞いたことがないです。

「ぎぎぎ【もっとだ。作っているのを見たことがあるが、その五倍は入れてたぞ】」

え？　そんなに？　いえ、でも私は作り方知らないから信じるしかない……。

砂糖の入っている壺を傾けて、ざらざらと肉の上にどっさりのせる。

「うわーっ！　どうして、リオ！　肉だぞ？　肉のジャムでも作る気か！」

「ぐるるる【そこで、醤油を入れるんだ】」

醤油……ハズレドロップ品を入れるのに、サージスさんとシャルの目が……。

「大丈夫ですから、サージスさんとシャルはゆであがったキビで団子をつくっていてください。えっと、ほら、フェンリルさんもゴーレムさんもドラゴンさんも、八岐大蛇を倒すのに協力してくれたんです。お礼をしないと」

サージスさんが確かにお礼をしなくちゃ。だが砂糖を入れるなんてと複雑な顔をした。

シャルがフェンリルさんに踏みつけられてるサージスさんの手をとってキビをゆでた鍋の前に飛ぶ。

「つぶして砂糖と混ぜるんだったね。ほら、サージスさん力仕事は頼みますよ」

シャルが砂糖を取り出している。

今だ。宝箱を取り出して【醤油】をどばばっと鍋に投入。すぐに宝箱を片付ける。

「これでいいの？」

ゴーレムさんに確認すると、うんと頷いている。

「ぎーぎ【あとは、それとそれとそれを入れて火を通す】」

ネギとあっさりした味のきのこ、それといくつかの葉野菜を指さすゴーレムさん。

「えーっと、すき焼きって……お肉を焼く料理じゃないんですね？」

こんなにいっぱい入れたら鍋なのでは？　いわゆるちゃんこ鍋とどう違うんだろうか？

首をかしげる。

「ぐるる【何を言っている。すき焼きは鍋じゃない。すき焼きだ】」

「ぎぎぎ【そうだ。すき焼きは鍋じゃない】」

はぁ、そうなんですか？　全然分かりません。

「がが～【うんまそうな匂い！　おりぇの大好物のすき焼き鍋じゃないか～】」

ドラゴンさんが嬉しそうな声を出しながら戻ってきた。ん？　すき焼き鍋？

「ぎぎ【鍋じゃない】」

「ぐる【鍋じゃない】」

フェンリルさんとゴーレムさんが同時に声を上げる。

【すき焼き：牛鍋とは別物・焼かずに煮るのは牛鍋・すき焼きは焼く。関西風と関東風がある。すき焼きは鍋ではない。牛鍋が鍋である】

はぁ。なんだか分かりません。

【すき焼き：食べごろ】あ、表示が食べごろになりました。

「できました。どうぞ」

皿に取り分けて皆に渡す。

「ぎぎ【すき焼き、すき焼き、すき焼き】」

「ががが【すき焼き大好き、すき焼き】」

「ぐるる【ごちそう、すき焼き、ごちそう】」

三体とも踊り出しそうなくらい浮かれている。すき焼きってそんなにごちそうなんだ。

「……肉ではあるが……砂糖と肉……合うのか？　肉には塩じゃないのか？」

一方で、いつも食事の時はワクワクしているサージスさんが鍋を見てうろんな目をしている。

ガツガツと三体がすき焼きを食べ始めたと思ったら、すぐに【【おかわりっ！】】の文字が浮かんだ。その間、サージスさんは一口も食べていない。

「リオが作ったものなら何だって食べるよ。例え肉の砂糖漬けだってね」

シャルが来て、覚悟を決めた表情ですき焼きを口に運んだ。

確かに私も、肉と砂糖？　って思いますけど。ドラゴンさんもフェンリルさんもゴーレムさんもとても幸せそうに食べているんです。

きっと、それほどおかしな食べ物じゃないと……思う……んですよ……。

シャルが肉を一切れ口に入れて動きを止めた隙に、私もすき焼きを口に入れる。

「甘くて……」

お菓子のような甘さではない。野菜を煮込んで出てくる甘みじゃなくて、確かに砂糖を使った甘さなんだけれど、お菓子とは全然違う。

醤油……あの黒い液体のせいだろうか。ちゃんとしょっぱさもある。甘くてしょっぱい。

それが、よく肉とネギにからんで。

「おいしい……」

シャルがため息のようなつぶやきを漏らす。

「リオ、砂糖をあんなにいれるからびっくりしたけど、すごくおいしいんだけど。この茶色いのなんの色？　初めてだよこんな味。甘くてしょっぱくておいしいなんて。砂糖を使う肉料理、初めて食べたけど……。最高だね」

「うん。薄く切ったお肉なのに、口の中においしさが広がって満足感がすごいし、脂が甘くておいしく感じる」

シャルに同意しておいしいを伝えると、シャルが肉を数枚口に入れた。

「そうだね、薄いから？　それとも砂糖とかこの茶色いので柔らかくなってるの？　口の中で溶けるように柔らかい肉ってすごいね」

【すき焼き：肉のタンパク質は加熱すると水分が出て固くなるが、砂糖により水分をキープして固くなるのを防ぐ・しらたきを入れると肉が固くなるので注意が必要】

そうなんだ。砂糖が肉を柔らかくしてるんだ。

「ま、じ？　砂糖と肉は合うのか？」

サージスさんがやっと食べる気になったのかすき焼きを一口食べた。

「うっ、こ、これは……肉が飲み物みたいに柔らかい！　うま味が凝縮した飲み物だ！」

いや、違う違う！

「甘辛い味がよくしみ込んでいて、野菜もめちゃくちゃおいしいな！　何だいったいこれ」

「すき焼きという料理です」

ガツガツと食べ続けるサージスさんに料理名を告げる。

「なるほどな、誰でも食べたら好きになるよな。好きになる料理だからすき焼きか！」

【すき焼き：「好き」じゃなくて「鋤（すき）」が語源とされる・薄い肉を用いることから「すき身肉」を語源とする説もある・「好き」ではない】

ジャパニーズアイがサージスさんの言葉に反論しています。

【【おかわり！】】

三体が二度目のお代わりだ。

「あー、俺の分がなくなる！　お前ら、すでに一度お代わりしてるだろう！　後だ、後！　リオ、先に俺がお代わり！」

鍋の中があっという間に空っぽになる勢いです。

「あの、追加で作るのでなくならないです。火が通るまで、焼いた肉も食べてくださいね？」

大きな牛だったので、肉も焼いてみた。

【ステーキソース：すりおろした玉ねぎと醤油と酢】

ゴーレムさんに教えてもらったソースで焼いた肉を食べます。

「うんめぇ！」

サージスさんがいち早く肉にかぶりついて目を見開いた。

「すごいね、酢の酸味と、玉ねぎの辛味と、この茶色いのの味とが見事に調和してる。肉がさっぱりとしていくらでも食べられそうだ」

シャルもいつの間にか食べてた。

「ぐる～！【やっぱ醤油最高だな！】」

「ぎぃー【そうだろ、おいらが取ってきた肉だ、ありがたく食え！】」

「ががが【こんどはおりぇが鴨とってきてやる】」

「ぐるる【鴨鍋もいいな！　醤油があれば何だっておいしいだろう】」

「ぎぎぎ【大豆もあるから豆腐にして醬油かけてくいてぇ】」

「が！【それな】」

鴨？　豆腐？　んー。ゴーレムさんが作り方を知っているなら、作りたいけど……。

醬油をもっと手に入れないと駄目ですよね。

醬油の宝箱がドロップしたのは……あ、貰った宝箱でした。サージスさんたち上級冒険者がいるダンジョンで出たんだっけ。

と、考え事をしながら醬油ステーキソースをかけた焼いた肉を食べる。すき焼きの定義についてゴーレムさんたちが言い争いをしている間に作ったのだ。

……すごい。醬油って、すごい。

玉ねぎをすりおろしたものと酢を混ぜた状態の味の想像はつくけれど、それに醬油を入れただけで、こんなにも深くコクがある複雑な味に変わるなんて……！

すき焼きの、砂糖との相性もいいのに、今度は酢と合うの？　醬油ってすごい。……さっき皆が言っていた鴨鍋や豆腐も食べてみたい。醬油はほかにどんなおいしい物になるの？

ああ、厄災が終わったら皆でおいしい物を探しに世界中回るのも楽しいかもしれない。

厄災が終わったら……？　鬼を退治するのが宿命とフェンリルさんたちは言っていたけれど……。あれ？

鬼を倒して、役目が終わったらフェンリルさんたちはどうなるんだろう？

……他のモンスターのように、人間の敵になるなんてことはないよね？

私が鬼になったら。鬼を倒す宿命を持っているならば、私の敵になるんだ。そうか……。

すとんと何か胸のつかえが降りた。

宿命……それがあらがえない運命であるなら。

もし、私が鬼になってしまっても大丈夫。きっと、フェンリルさんやドラゴンさんやゴーレムさんが私を倒してくれる。よわっちい私を……ちゃんと、倒してくれる。

シャルやサージスさんにお願いするまでもない。

そう考えたらほっとした。鬼になってもいい。

スキルをいっぱい使おう。厄災の被害を少しでも防ぐために。

そして、もし、鬼にならずに済んだら……そのあとはスキルを使わずに生きていけばいい。

ああ、でもそうしたら、何て言っているのか分からなくなっちゃうんだな……。もうこうして一緒にご飯も食べられなくなっちゃうのかな。

……そうか。厄災が終わったらああしよう、こうしようじゃないんだ。

今しかできないこともあるんだ。

「どんどん焼きます！　いっぱい食べて、笑顔になってください」

こうして、皆で幸せな顔ができるのも今だけなのかもしれない。

「うーん、腹いっぱいだ！　まだ食いたいけど、腹がいっぱいで入らねぇ！」

サージスさんが両手両足を投げ出して、地面に寝ころんだ。

その隣に、フェンリルさんが腹を向けて寝ころぶ。

さらにその隣にドラゴンさんが羽を投げ出すようにして横になっている。

ゴーレムさんも巨体を広げて寝ころんでいる。

「……ねぇ、リオ、なんだかサージスさんとこの三体って、兄弟みたいだと思わない？　食べ物取り合ったり、同じポーズで寝ころんだりさ」

シャルの言葉に思わず噴き出す。

ずっと、こんなふうに皆でおいしいごはんを食べられたら幸せだなぁ……。

# 第七章 ✦ 赤鬼退治

「そういえば、リオはどこへ行くつもりだったの？」

片づけが終わるとシャルが尋ねる。

「あ！　そうでした。シェリーヌ様に本を見せてもらおうと思ってたんです！」

八岐大蛇（やまたおろち）の騒ぎですっかり忘れていた。シェリーヌ様に偶然会えたというのに。

「シェリーヌんとこね。まだギルドにいるか、それとも屋敷に戻ったか……とりあえずギルドに行こうか。二回飛べばすぐ着くよ」

シャルが私の手を取る。

「サージスさんは？」

寝ころんだサージスさんはいつの間にかいびきをかいていた。

そういえば、酔っぱらっていたんだった。ドラゴンさんたちも一緒にいれば大丈夫かな。

シャルと街に向かう途中の場所に一回飛ぶ。ジャパニーズアイで足柄山と出ていたところだ。

それからギルドに飛んだ。マーキングしてある人物、ギルド長の部屋に出た。

「おお、シャル様にリオ様」

ギルド長の部屋には五人ほどの人間が集まって緊迫した表情をしている。

八岐大蛇の出現があったからかな？

「ギルドに報告に来たでしょ？　シェリーヌはまだいる？　それとも帰った？」

「帰られました。いえ、まだ家に無事に着いたかは分かりません……」

ギルド長が首を横に振る。

無事に着いたかわからない？　どういうこと？

「まぁいいや。ギルドにいないなら、行こう、リオ」

シャルが私に手を差し出す。

「お、お待ちください！　今出るのは危険です！　お二人に何かあっては」

壮年のギルド長が慌ててシャルを止めた。

「危険？　どういうこと？」

ギルド長の部屋はギルドの建物の二階だ。鉄格子がはまった窓から外を見る。

人の姿はまるでない。

それなりに大きな街で、日もまだ落ちていない。人々が活動するのに適した時間なのに。

「いやぁー！　助けてっ！」

すると、建物と建物の隙間(すきま)から女の人が悲鳴をあげながら飛び出してきた。必死の形相でギルドに向かって駆けてきている。何があったの？　と思った次の瞬間にも文字が見えた。

【金棒】

棘がたくさんついた、剣よりも太い鉄の棒に文字が表示されている。

そして【赤鬼】と、その棒を持っている鬼に文字が現れた。

人の姿に似ているけれど、その肌は真っ赤で頭には角が生えている。ファントル領やそのほかの場所でも見た下っ端の鬼だ。強い鬼ではない。

だけど、それは戦うすべを持った人間から見ればだ。兵士でも冒険者でもない、武器を持たない人間からすれば十分に脅威だ。

餓鬼とは違う、明確な意思を持って人を襲う鬼……。女性はこのままでは【赤鬼】に殺されてしまう。

女性が転んだ。すぐに追いついた赤鬼が金棒を振り上げる。

「シャルっ」

助けてあげてと声を上げるのをギルド長に遮られる。

「いえ、シャル殿お待ちを」

別の窓から顔をのぞかせたギルド職員……じゃない、女性冒険者がスキルを発動した。

「【スキル発動：火球】」

女性の手の平からこぶし大の火の玉が飛び出し、赤鬼の腹に当たる。

赤鬼はくの字に体を折り曲げ、腹に手を当てた。だけど、まだ倒されたわけではない。

苦痛に顔を歪めていていているのか、攻撃をされたことに憎悪を募らせているのか、ものすごい形相で再び金棒を振り上げた。

危ないっ！　と恐怖で思わずシャルの手を力を込めて握った。

いつのまにか飛び出したのか、二人の若い冒険者が赤鬼に切りかかっていた。

一人がちょろちょろと赤鬼の周りで剣を振り回し、赤鬼がそれを薙ぎ払おうと金棒を持ち上げる。そのすきを狙って、もう一人の冒険者が赤鬼を後ろから切り付けた。

赤鬼は金棒を取り落とすと、何が起きたのか理解しないまま消えていった。

「ギルドから見える範囲の鬼ならば、シャル殿の力をお借りせずとも何とかなります。幸い、出没している鬼は今のような鬼ですから」

ああ、私。シャルなら助けられると思ったけど、シャルじゃなくても助けられる。当たり前のことなのに。むしろ、シャルじゃなきゃダメなことのためにスキルを温存しないといけないのに。目の前で人が襲われていると、ただそれだけでパニックになってしまった。

シャルもすぐに飛ばなかったのはスキルを無駄に使わないようにと思ったんだろう。

ここはギルドの建物だ。確かに武器を持ち、力のある人たちがたくさんいる。

見殺しにするわけないのに……。

「何か、僕たちにできることはある？」

シャルは落ち着いてギルド長に尋ねた。

そうか。シャルは刀を届けるためにあちこちに飛んでいる。ということは、鬼が出ている場所に何度も足を運んでいるということだ。多くの経験がある。

シャルは自分の役割を間違えたりしない。私も間違えちゃだめだ。

スキルを使い惜しみしないと決めた。鬼になろうとも。この目を……使う。

「シャル殿は一度に何人転移することができますか？」

「んー、距離にもよるけれど二十人くらいかな。僕に触れてなければ転移できないから、周りを取り囲んで何人が僕に触れられるかも考えると」

ギルド長に今度はシャルが質問する。

「で？　冒険者をどこかに運べばいいの？」

ギルド長が違うと、首を横に振った。

「あ、あそこ！　建物の二階の窓に人影。一階のドアを鬼が打ち破ろうとしてるわ」

ギルド職員の声に、先ほどの女性がスキルを発動して火の玉を打ち出した。

そこに向かって冒険者が走り出す。

シャルに向かってギルド長が口を開いた。

「見てのとおりです。建物に逃げ込んでも、ドアを破壊されて中に侵入されてしまうんです」

ギルド長の言葉にすぐシャルが言葉を返す。

「だったら、丈夫な塀に囲まれた場所か、守りやすい場所に避難して……ああ、そういうこと。避難を手伝ってほしいってこと？」

うんとギルド長が頭をさげた。

「言い訳にしかなりませんが、八岐大蛇(やまたおろち)の騒動で鬼に対する初動が遅れました。一か所か二か所にまとまって住人を避難させることができれば、そこを中心に守りを固めればいいのですが……」

ふぅとシャルがため息を漏らした。

「確か八岐大蛇のことで応援は頼んであったんだよね？　到着するまで耐えればいいんでしょ？　時間がかかるって聞いてるけど、数日でしょ？　今の状況だと、それまで耐えるのは厳しいってこと？」

シャルがふぅと息を吐き出した。

「現在街の……八か所に住民が避難しています。避難している場所を守る人員と、逃げ遅れた住民を避難させる人員とでギリギリといったところです」

「なるほど。それは流石(さすが)に無理があるね。交代要員がいないってことだよね？　そりゃじり貧になりそうだ。八か所から四か所に守る場所が減らせるだけでも楽になる？」

シャルがどんどんギルド長と話を詰めていっている。

「ええ。今のところ、あのタイプの鬼しか確認できていませんので。低レベルの冒険者でも対処できますが……」

シャルが再びため息をつく。

「分かった。二か所にまとめる。なるべく守りやすい二か所はどこ？」

え？　ギルド長は四か所でも大丈夫のようなことを言っていたけれど、二か所？

「僕も今日はスキルの残り回数少ないからね。火魔法スキル使いも残りを気にしながら戦ってるんでしょ？」

シャルが火の玉をスキルで打ち出した女性冒険者に視線を向ける。

ああそうか。回数の問題が……。

「まだ鬼が増える可能性もある。強い鬼が出てくることも。だからなるべく余裕があるときに、打てる手は打っておくべきだ」

ギルド長が頷く。

「その代わり、移動と避難には出し惜しみせずにスキル持ちに手伝ってもらう」

シャルの言葉に、女性冒険者が頷いた。

「そのほうがいいわね。あちこちに散らばった人間を守るよりも、まとまっていたほうが圧倒的に守りやすいし、遠距離攻撃ができなくても何とかなるでしょうから。私たちの遠距離攻撃ができるスキルは、守りよりも避難に使ったほうがいいでしょう」

どんどん話が進んでいく。

「まずは一番避難している人間が少ない場所、そこの人間の移動から始めるから、情報を」

街の地図を見ながらシャルが打ち合わせを続ける。

「このあたりの避難は完了していますが、こちら側はまだ建物の中に人が残っていると報告があった」

職員さんの返事を待ってシャルが小さく頷く。

「じゃあ、ここを通って向かうか。遠距離攻撃ができる人間と腕の立つ人間三名つけてくれる？　それで現地で戦ってる者と協力しながら避難させていく。できればスキルを使う回数を抑えて行きたい」

「三人だな。すぐに準備しよう。火属性の武器持ちは一人になるが、あと二人は牽制や補佐はできる」

そうか。人も足りなければ武器も足りないんだ。スキルの回数にも限界がある。

そのこともシャルはよくわかっている。刀を届けた先でも起こっていることかもしれない。

サージスさんのようなS級冒険者や将軍のような強い人が呼ばれる場所は、強い鬼が出たところなのだろう。こうして、低ランクの冒険者でも倒せる鬼しか出ていないところには呼ばれていない……と考えると。

もしかして、私が思っていた以上に、鬼はあちこちに出ているのかな？

ギルド長が、八岐大蛇のことで対応が遅れたと言っていたけれど、八岐大蛇の騒動がなければ対応できていたということ？

……対応できる街のことは特に私の耳には入ってこなくて知らなかったってこと？　知らな

いことだらけだ。ううん、違う。私だって、鬼は見てきた。知っていることもある。

「じゃあ、行こう」

シャルがそろったメンバーと一緒にギルド長の部屋を後にしようとする。

私はとっさにシャルの服の裾をつかんだ。

「待って、シャル、ボクも行くっ！」

シャルが変な顔をした。

「まさか、避難所で皆にご飯を作ってあげるとかじゃないよね？」

あはは。確かに。私には何もできないと、せめてご飯を作ろうとか思ってたよね。

でも流石に、足手まといだと知ってるし、そんな理由でついていくほど馬鹿じゃないよ。

シャルがシャルにしかできないことをするように、私も、私にしかできないことをするんだ。

「見てきたから。いろいろな鬼を。角のない、まるで人間と見分けの全くつかない鬼。フードをかぶり角を隠している鬼もいた。それから、小さな豆粒のような鬼。人の体の中に入って操る鬼。操られている人間の独特の目つき……私なら、見れば分かるよ」

本当は、ジャパニーズアイで文字が表示されるから分かるのだ。

でもギルドの人間にはスキルの話をしていない。だから、この説明で理解してもらえるかどうか分からないけれど……。少なくともシャルに伝わればいい。

「ああ、確かに。避難した人々の中に鬼が紛れ込んでいたら、内部から崩されるか」

シャルには伝わったようだ。

「流石ですね聖人リオ様。ドロップ品だけではなく、鬼まで見分けられるとは」

う。ギルド長の言葉に少し心が痛む。私の能力じゃなくて、スキルのおかげです。……あれ？　スキルが私の能力なら、私の力なのかな？　……うーん。

「行くよ！」

シャルの掛け声でギルドからメンバーが飛び出す。

B級冒険者とC級冒険者を先頭に、真ん中に私とシャル、それから後ろに火魔法スキル持ちの女性とギルド長がついてきた。

「ギルド長っ、なんでっ！」

女性が焦って声を上げると、ギルド長がニカッと笑った。

「これでも現役のA級冒険者だ。少しは戦力になるはずだが？」

そういうことじゃないって顔を皆が向ける。

「大丈夫だ、采配(さいはい)はへっぽこに任せてきた。ギルドには八岐大蛇(やまたおろち)討伐から帰ってきた腕の立つ奴らもいるしな。それに、連絡も取れるから問題ない」

連絡用の腕輪を見せるギルド長の言葉にシャルが眉(まゆ)を顰(ひそ)める。

「へっぽこに任せた？　不安しかないけど」

……へっぽこってもしかして……？

「大丈夫だ。へっぽこと自分で言ってるが、本人が思っている以上にできるやつだからな」

「もしかして、谷間で案内してくれた職員さんのことですか？」

「そうだ」

「やっぱり、ドラゴンさんに噛まれた人のことなんですね！」

私の言葉に、シャルがまたまた眉を顰める。

「は？　ドラゴンは人を襲わないはずなのに、噛まれるなんて何をしたの？　そのへっぽこって本当に大丈夫なの？」

大丈夫ですよ。すごい人ですよ？

「ああ、そういえばリオ殿に申し訳ないことをしたと落ち込んでいたな。だけどそのおかげで大切なことを学んだとかなんとか」

ギルド長の言葉にふっと気温が下がった気がする。シャルがものすごい冷気を放っている。

「はぁ？　一体そいつ、リオに何したの？　ドラゴンに噛まれるようなことをしたの？　僕のリオに……」

いや、何もされてないです。ドラゴンさんは口で運んでたからうっかりしただけで……。

「出た！　鬼だ！」

先頭を歩いていた冒険者の声に緊張が走る。

「問題ない、一体だ」

Ｂ級冒険者さんが飛び出して刀を抜いた。

あっという間に【赤鬼】は倒され消えていく。

それから三十分ほど走って移動して見えてきたのは、石づくりで明かり取りのための小さな窓が上部にいくつかあるだけの建物だ。

そこが避難所の一つになっているらしい。

大商人の倉庫で、盗賊対策で鬼の侵入を防げる頑丈なつくりをしているため、そこに人々が逃げ込んでいるそうだ。けれど大きさが足りずに四～五十人ほどが避難するのがやっとの場所だ。

その四～五十人を守るために冒険者や警邏が十人以上ここにいる。

他の場所の人たちも合流すれば、守護するための冒険者があちこちばらばらにならなくて済む。

「なんか、あっけなく着いたわね？」

火魔法スキル持ちの女性の言うとおり。ギルドからこの倉庫まで鬼と遭遇したのは一回きり。

「街の北側に鬼の姿はほとんどないということかしらね？　街全体での目撃情報はかなりの数だったはず……」

「このあたりに取り残された人が少ないから移動したのかもしれないな」

「もしかして、シャルに頼らなくてもこれくらいの数なら固まって移動すれば問題ないか？」

ギルド長と冒険者が相談しながら倉庫の前まで移動する。倉庫を守っていた冒険者や警邏たちがギルド長から移動する話を聞いていた。

倉庫の中をのぞくと、たくさんの人の姿が目に入る。

薄暗いので目が慣れるまで細かい様子は分からないけれど、恐怖に震えている空気は伝わった。大丈夫ですと声をかけるのは簡単だ。でも、何か違う。私みたいな小娘に大丈夫だと言われてもどれほどの安心感を与えられるだろうか。サージスさんみたいな見ただけで頼りになりそうな人が助けに来た！　と言えば助かったと思うだろうけど。

それに、実際にはまだ鬼は街にいて、今から移動するのだ。

大丈夫ですなんて言葉は気休めでしかない。今、言うべき言葉……。

「怪我をしていたり具合が悪い人はいませんか？　千年草を渡しますので口にしてください！」

今の状態を改善する。

「お腹が空いて動けない人はいませんか？　固いパンでよければ配ります」

私のこの言葉で、倉庫の中の空気が少し和らいだ。

「今から、別の避難所へと移動します。体力があり動ける人と、子供や老人など体力に不安がある人と分かれてもらえますか」

千年草を必要としている人はいなかった。パンも遠慮しているのか誰も必要だと言わなかった。でも、だいぶ気持ちは落ち着いたようだ。よかった。

「ちょっと早くしてくれる？　あ、この子は聖人だから。噂知らない？　外にはギルド長も皆のために来てるし。ごたごたして時間を失ったら助かる者も助からないよ？　さっさと分かれて。体力ない人たちはこっちに集まってよ」

シャルが倉庫の入り口に立つ。

早くしろという内容だけれど、シャルの言い方は上手いな。ギルド長が来ているという言葉が「大丈夫」とか「安心して」という言葉の代わりになっているし、「時間を失ったら助からない」ということが「早くしろ」という内容を命令するよりも強く伝わる。

小さな子供を抱えた母親、足腰の弱った老人など、十人ほどが倉庫の入り口に現れた。

「あと十人はいける。体力に少しでも不安があればこっちに来て。遠慮してる場合じゃないから。もしいないなら子供と女性優先で！」

そう言われて、人に押されるようにして子供が出てくる。

大体二十名ほどが集まったところでシャルがギルド長に声をかけた。

「飛ぶ先は、あの突き出た建物、教会でいいんだね？」

シャルが指さした先に教会の塔が見えた。時を告げる鐘が設置されていて、その狭いところに飛ぶつもりなのか。二十名が上手に固まって塔に降り立たないといけないいんだね。

「皆さん、シャルは転移スキル持ちです。一緒に教会の塔に転移します。なるべくみんなで固まって離れないようにしてください」

と声をかけると、集まった子供の一人、八歳くらいの子が声を上げた。

「お兄ちゃん、目が片方黒いね。もしかして、本当に聖人様？」

男の子の言葉に、周りにいた人たちが私の顔を見た。

聖人って、違うけど、今は安心材料になるなら黙っておこう。

「ああ、あの教会に頼む。今、ここから教会までの道の様子を探らせにいっている。鬼が少なければ残りは歩いて移動させる。もし鬼が多ければ連絡する。教会で連絡を待ってくれ」

ギルド長の言葉にシャルが頷（うなず）いたのが見える。

「皆さん、シャルの体のどこかに触れてください。それからなるべく固まって」

背の低い子供たちはしゃがんでシャルの足元に。それから、シャルが両腕を広げて大人たちが触れやすいようにしている。二十人の人の塊。

ぎゅっと身を寄せ合う。最後に私がシャルの肩に手を伸ばした。

「じゃ、飛ぶよ。塔の上だからすぐに手を離さないで」

シャルはどこにでも自由に飛べるわけじゃない。マーキングした人のところか、見えている影にしか飛べない。

この場所からは教会の突き出た塔しか見えないのだ。

ぱっと視界が変わる。

「すごーい！」

子供の無邪気な声。

鐘撞塔には手すり代わりにロープがまかれていた。うっかり落ちないようにするためのものだろう。

しかし、この短時間の話し合いの中で準備ができてるのってすごいな。

と、関心している間にも、しっかりした体躯の男たちが鐘撞塔から降りる不安定な階段を子供を抱えて順に降りていく。足腰の弱い老人を背中にくくって降りる男の人もいる。

「普段は商品の配達をしてるんだよ。もっと何倍も重たい荷物を運んでいるからね」

大丈夫かなと心配そうな顔をして見ている人たちを安心させるように男の人は笑って階段を下っていく。皆、自分ができることを誰に言われるでもなくしてる。やっぱり……皆すごい。

スキルの優劣なんて関係なく……皆、かっこいい。すごい。ぐずぐず考えてた私が一番かっこ悪い。

「よかった。下に飛ぶとスキルを一回余分に使わないといけなかったから節約できた」

シャルがほっと息を吐き出した。

降りる順番を待ち、塔から下を見下ろす。

大きな石造りの教会は、街に何かあった時の避難所の役割もある。

魔物が街を襲ったときに避難したり、疫病が流行ったときの隔離場所になったり。

日々祈りのために多くの人が訪れるという理由だけで大きな建物になっているわけではない。

二百名は入れる建物と、五百名は寝ころべそうな広場がある。広場の周りはびっちりと二階建ての丈夫そうな建物が隙間(すきま)なく並んで取り囲んでいる。

「ふーん、面白いね。城壁なんかの守りを固める壁の代わりに建物が建ててあるんだ」

シャルが私の隣に立ち、同じように街を見下ろした。

そうか。街の中に壁をたくさん作るよりも建物を壁代わりにするほうが合理的だ。

だから教会の正面と南と西の三か所にしか建物の切れ目がないのか。

「もしかして、戦争が起きたときの備蓄用の食料が保管してあるのか？　いや、二階建てで窓もあるから表側に回れば商店かもしれないな」

確かに。一階には窓はないけれど、二階には大きな窓がある。教会へ足を運ぶついでに買い物ができるとすると、この周りを取り囲んだ建物は繁盛するお店なのかな。

「あ、来た！　問題なく到着したようだね」

シャルが教会にある建物の切れ目からギルド長たちと避難所に移動してきた人を指さした。

「よかった」

ほぉ～と息を吐き出した私を見てシャルが苦笑する。

「心配しすぎじゃない？　上から見るとよくわかるけど、全然鬼いないじゃん。いても、弱いのが数体。流石(さすが)にＢ級冒険者やギルド長がいれば何の心配もないでしょ」

「確かに。心配しすぎだったかも」

へへと笑うと、避難してきた女性が世間話をするように話かけてきた。

「鬼は、あと少しで街からいなくなりそうですね」

「冒険者も警邏も頑張ってくれてるみたいですし、数日後には応援も来るそうですからそんなに長くかかることはないと思います」

と答えると、女性は安心したように微笑む。

よく見れば、女性のお腹は膨らんでいた。ああ、赤ちゃんが生まれるんだ。

「よかった」

「さぁ、あなたの番ですよ。おぶさってください」

普段荷運びをしているという男性が上がってきて、女性に声をかけた。

「応援なんていらなかったんじゃない？　八岐大蛇も倒しちゃったし」

シャルの言葉に、確かにと頷く。

「冒険者ってすごいね。もう鬼をそんなにやっつけちゃったんだ」

「は？」

突然子供の声が頭上から聞こえてきた。

上を見上げると、鐘の上から子供の顔がのぞく。

「なんでそんなところにっ」

驚いていると、少年は鐘を鳴らすロープにつかまってするすると降りてきた。

「おいらの仕事。鐘を磨くんだ」

「こんな時にも仕事を？」

なんて仕事熱心なんだろうと思っていたら、そうじゃないらしい。少年が首を横に振った。

「ううん、違うよ。掃除してたらさ、鬼が出たっ！　って大騒ぎになって、見下ろしたら街が真っ赤になってて。怖くなって鐘の上の梁のところに隠れてたんだ」

少年が上を指さした。どうやら鐘の吊り下げてある梁の上に上がれるようだ。確かにあそこなら下から見上げても姿が見えないから絶好の隠れ場所かもしれない。

「で、なんか声が聞こえたからもう大丈夫かと思って降りてきた。本当にあっという間に鬼をやっつけたんだね」

少年が街を見下ろして驚いた顔をしている。

弱い鬼だったということもあるだろうけど、八岐大蛇でバタバタしていて人員が足りない割にはすごい働きをしたってことだよね。冒険者が褒められるのはうれしい。

「リオ……少年、お前も一緒に来い」

シャルが私と少年の手をつかんで、すでに広場に残りの住人を避難させてきたギルド長の元に飛んだ。

あれ？　スキルを無駄に使うようなことして、シャルももう大丈夫だと思ったのかな？

「ギルド長、すぐに情報を集めて」

「シャル殿？　情報とは？」

「この子が、上から鬼たちが現れたときのことを見ていた。街が真っ赤になったと言っている」

ギルド長が少年を見てからシャルに視線を戻す。

「真っ赤というのは、赤い鬼たちが大量に現れて真っ赤に見えたということか？」

シャルが少年に視線を移すと、少年が頷（うなず）いた。

「うん。びっくりしたよ。教会の周りが鬼だらけで真っ赤になってたんだもん。はじめ何が起きたかわからなくて、遠くを見たら街の人たちが逃げててその後ろを赤いのが追いかけてて、赤いのはヤバイと思ってたら鬼だって声が聞こえて、おいら慌てて隠れたからそれから先は分からなくてさ。おじちゃんたちがやっつけてくれたんだろ？　ありがとう」

お礼を口にした少年の頭をギルド長が撫（な）でた。

「いや、こちらこそ礼を言う……」

え？　なんでギルド長が少年にお礼を？　少年もわけがわからないという様子で首を傾げた。

「ああ、ハルマ！　無事だったんだね！」

少年は知り合いに呼ばれてどこかへ行ってしまった。

「シャル殿の言うとおりだ。情報をすぐに集めさせよう。兵や冒険者に、何体くらい鬼を倒したか。街から鬼がどれくらい逃げていったか……」

ギルド長はすぐに連絡用腕輪に触れ、同時にこの場にいる冒険者たちに聞こえるように声を上げた。

「すぐに、鬼を何体倒したのか数をまとめて報告を。街が赤く見えるほどの鬼が現れたとの情報を得た。それほどの数の鬼を倒したのかどうか確認したい」

はっと息をのむ。

そういうことか。現れた鬼の数と倒した鬼の数に隔たりが大きければ、街の中に鬼の姿が見えない状態になっても、実はどこかに鬼が隠れている可能性が出てくる。

少年が隠れていたように鬼もどこかに身を潜めて人が近づくのを待ち構えているかもしれないってことだよね？

「ギルド長、北西倉庫に避難していた四七名も到着しました。まとめ役によると建物内に取り残された者もいないということです」

ギルド長の元に冒険者が報告に来る。

「あ、ああ。これで街の北側の住人の避難は完了したか」

教会の建物の中にも、教会前の広間にもたくさんの人がいる。

身一つで慌てて避難してきた人もいれば、大きな荷物を抱えた人もいる。

事態が飲み込めずに無邪気に遊んでいる子供に、これからどうなるのかと不安で顔色を悪くしている大人。何とかなるさと笑っている老人に、冒険者に感謝して頭を下げる男性。

備蓄品を使って食事の用意を始める女性に、住んでいた地域の様子をギルド職員に報告する者たち。教会の神父さんやシスターたちは皆の体の調子を尋ね歩き……。

「どう？」

シャルが私の肩を叩く。

「うん、鬼が紛れ込んではいないみたい」

スキルジャパニーズアイで見ても、文字が浮かび上がる人はいない。このスキルを使えば、いくら人間と同じ姿をしていても人のふりはできないはずだ。

「そう。ということは、外か。どこかに隠れてるのまで見つけられる？」

どうだろう。今まで見えない物にまで文字が表示されることはなかった。

ただ、肉眼では探しにくい小さな式鬼とかも大きく文字が表示されて発見しやすくはあった。隠れていようと爪の先だけでも視界に入っていれば見つけられるかもしれない。

「姿が隠れていたら見つけられないけれど、さっき鐘撞塔から街を見下ろした感じでは数えるくらいしか鬼の姿は確認できなかった」

シャルに答えている間に、いろいろな情報がギルド長の元に集められたたようだ。

「そうか、残りの避難所の周りにも鬼の姿があまり見られず、ばらけていた避難所からの移動が進んでいるんだな？」

「なんだ、僕が飛ばなくても問題なさそうなんだ」

シャルがギルド長と職員の間に割って入る。

「ああ、そうだな。これで冒険者たちも二か所に集約して守れそうだ。……しかし、一方でやはり倒した鬼の数の報告数が少ないな。二百体あるかないかだ。真っ赤に見えるほどとなるとその程度ではないだろう。他の鬼の目撃者にも聞いてみたが、ここに集まっている人数よりも多く見えたと……だとすると」

ここには何人くらいいるんだろうか？

「二千人くらい？　広場と教会にいるのって」

シャルが簡単に人数を確認する。パッと見て何人くらいなんて分かるものなの？

「それから、周りを囲んでいる建物の中に避難している人たちもいるんでしょ？　それも合わせると」

シャルの言葉に、ギルド長が声を上げた。

「いや、周りの建物に避難はしていない。建物に教会側に出入りできる扉はないから、いざというとき建物を出て回り込んで広場に逃げ込むのは大変だからな」

確かに、壁代わりになっている建物には出入りできるような扉はない。

「じゃあ、冒険者が高い位置から鬼の襲撃にそなえてるの？　遠距離攻撃するスキル持ち？」

シャルの言葉にギルド長が視線を建物の二階に向けた。

「いや、建物の中に入って鬼を警戒しろなどと命じた覚えはないが……」

「じゃあ、泥棒か盗賊？　無人になった建物で物色してる輩（やから）か」

シャルが不快そうな視線を建物の二階に向けた。泥棒？　人影が見えたの？

一階は窓もドアもないけど、建物の二階には鉄格子がはまった小さな窓が設置されている。どの建物も同じように形が整えられているため、同じ高さで等間隔に窓が並んで見える。

ぐるりと広場を取り囲む建物の二階の窓。広場の様子をうかがうような人影が見えた。

ひゅっ。

驚いて息を勢いよく吸い込む。それに続いて悲鳴が出そうになるのを必死に抑える。

見張られている……。

「シャル……」

ガタガタと震えだす手でシャルの袖をつかむ。

すぐに建物の二階から視線を外したけれど、恐怖に体が震えて仕方がない。

「ギルド長、ちょっと来てくれるかな？」

シャルは何かを察したらしい。ギルド長と私の手をつかみ、再び鐘撞（かねつき）塔へと飛んだ。

すでにほかの人の姿はないし、しゃがめば外から私たちの様子が見えることはない。内緒話をするには最適だ。

「なんだ？」

ギルド長が驚いた顔をしている。

塔の手すりの隙間からシャルが周りを囲む建物を見るようにギルド長に指示する。

「見える？　建物に誰かいる。人影がのぞいている。窓際に立つ影以外は建物の中は暗くてよく見えないけれど……リオには見えたんでしょう？」

シャルが私に言葉をふった。

「うん……」

震えている場合じゃない。伝えないと。

「鬼です……人じゃない……」

先ほど見た光景が目に焼き付いている。

灯りのついていない、外よりも暗い室内は肉眼ではよく見えない。

だけれども、スキルジャパニーズアイであれば、色や形など具体的な姿は見えなくても、間に遮るものさえなければ文字を表示してくれる。

【赤鬼】そう、確かに赤鬼と表示された。まどからのぞく布をかぶった何かに。

【赤鬼】窓に置かれた手袋をはめた手に。

【赤鬼】そして、暗くて見えない窓の奥にいる何かに。

【赤鬼】【赤鬼】【赤鬼】【赤鬼】【赤鬼】【赤鬼】【赤鬼】【赤鬼】【赤鬼】【赤鬼】【赤鬼】【赤鬼】【赤鬼】【赤鬼】【赤鬼】【赤鬼】【赤鬼】【赤鬼】──。

「広間を囲む建物に、鬼が……すでに鬼が入り込んでいます……」

広場を取り囲む、五十ほどの建物の百ほどの窓に、たくさん並んだ文字。

「なんだって……！　鬼がこんなに近くに潜んでいるというのか！　どの建物だ？」

ギルド長が立ち上がった。

「たぶん全部……」

短く答えると、ギルド長が再び静かにしゃがみこみ、私の顔を覗き込む。

「もう一度、教えてくれないか？　鬼はどこにいる？」

緊張感をはらんだギルド長の声に、今度は丁寧に答える。

「広場を囲んでいる建物すべてに鬼がいます。何体の鬼が建物の中にいるかはわかりませんが、二階の窓のほぼすべてに鬼が見えました」

ギルド長は三拍くらい間をおいてから、小さく「そうか」とつぶやいた。

それから悔しそうに顔を歪める。

「周りを取り囲まれているということか……。そうとは知らず、他の避難所から次々と人を集めてしまった……。街中に鬼がいなくて移動しやすかったのは罠だったのか……」

シャルも無言だ。まさかすべての建物に鬼が潜んでいるとは思わなかったのだろう。

ちっと舌打ちするとシャルは床にぺたりと座り込んだ。

「あのタイプの鬼はあんまり賢くないと思って油断しすぎたね……。まさか僕がその罠に協力しちゃうとは。くそっ」

悔しそうに床にこぶしをたたきつけるシャル。

「こうしちゃいられないっ」

ギルド長が階段から塔を降りようとするのをシャルが手をつかんで止める。

「こうしちゃいられないって、どうするつもり？　落ち着きなよ」

ギルド長はつかまれたシャルの手を振り払った。

「落ち着けだと？　鬼に取り囲まれ、攻め込まれたら逃げ場もない。いったい何人が犠牲になるのか分からないんだぞ？　一刻を争うんだっ！」

「だから、どうするつもり？　ここから別の場所へと移動させる？　でもさ、見張られてるんだよ？　下手な動きをすればすぐに鬼も動くよ？」

シャルの言葉に、ギルド長も床に腰を下ろし胡坐（あぐら）をかいた。

そして両手で頭を抱える。

「くそ、そのとおりだ。鬼に囲まれていることに気づいていないと思わせ、体勢を整えなければならない」

「そうだろうね。まずは応援の到着を待つべきだと思うけど」

ギルド長は落ち着きを取り戻したのか、シャルの言葉に冷静に言葉を返した。

「応援が来たとしても、二千人の住民が人質になっているようなものだ」

そうだよね。

どれだけの力強い応援が来ても、鬼たちが応援に来た人たちではなく広場に避難している住民に金棒を振り上げたらどうなる？　こいつらがどうなってもいいのかと脅しをかけたらどうなる？　避難所のはずが、今やここは人質収容所だ。

「……でもさ、人質ならまだいいよね」

シャルが冷たい声を出す。どういうことだろうと首をかしげると、シャルが言葉を続けた。

「人質として利用価値がある間は殺されないってことでしょ？」

ギルド長がああと頷いた。

「そういうことか。むしろ応援が来たときにこいつらの命がどうなってもいいのかという交渉材料になるから生かされる。そうでなければ、人が集まったところでまとめて皆殺しか……」

背筋が寒くなった。

「応援のためじゃなくてさ、領主だとか国だとかと交渉するための人質かもしれないよね？」

シャルの言葉に、ギルド長が頭を抱えた。

「国相手となれば、見捨てられかねないな……」

「そんなっ」

思わず大声が出そうになって口を押さえる。

「まぁ、そうならないためにも、鬼を何とかするか人々を別の場所に移動させるかしないと駄目だよね……」

シャルがうーんと考え込む。

「幸い、建物から見張れる場所は広場だけでしょ？　教会の中にいる人たちは僕がどこかへ飛んで移動させることができる。二十名ずつで、一日に使えるスキルの回数制限もあるから……何日か時間を稼がないとだめだけど」

心臓がバクバクしている。

シャルは絶望するよりも、その先。どうしたらいいかを考えているのに。

私は悲鳴を上げるだけなんて情けない。

「時間稼ぎができればいいんだな。だが広場にいる人たちはどうする？　教会に入ってから移動するにしても、広場から人が減っていけば気が付かれてしまうだろう？」

考えろ、考えろ。

「それから転移先……どこに連れて行くんだ？　安全な場所など街の中にはないぞ」

「んー、雑魚鬼なんだから、冒険者に守ってもらえば問題ないでしょ？　となると、あの辺？」

シャルが街の外の山を指さした。

「山……か。しかしもし山に鬼が出ても、距離があるとすぐには駆けつけられない」

ギルド長の言葉に、はっとする。

「あの、山なら、守りのために、フェンリルさんたちに助けてもらうというのはどうですか？

避難先にフェンリルさんとドラゴンさんとゴーレムさんにいてもらえば、鬼も簡単には近づくことさえできないかと」

考えろ。私にできること。

「ああ、それいいんじゃない？」

「協力してもらえるならありがたい。後は広場から人がいなくなるのをごまかす方法だな……

そうだ、テントを張るか？　広場にたくさんのテントを張って、中にいるようにカモフラージュする。冒険者なら野宿なんて当たり前だからな。ギルドにあるテント、冒険者たちが持っているテントをかき集めれば数はそろうはずだ」

なるほどと思ったけれど、シャルは問題点を指摘した。

「初めの方はいいけれど、さすがに残りが少なくなって、あまりにもテントから人の出入りが無くなれば怪しまれるんじゃない？　もしばれたら……」

「教会に逃げ込めばいい。あの建物だけならいくらたくさんの鬼が出てきても守り切れる」

そうか、教会の中に今いる人達と同じくらいの人数は入れるわけだから。

「広場にいる人が半分くらいに減ってからなら、全員教会の中に入れそうだね」

とギルド長に言うと、シャルはまた新たな問題点を指摘した。

「避難所は二か所にまとめたんでしょ。もし、この避難所で人が知らない間に移動していることがばれたら、もう一つはどうなるの？　もし同じように鬼に囲まれていたら、そっちは逃げ出せないように行動するんじゃないの？」

あ……。

「確かにそうだな……もう一か所も鬼に囲まれているかどうか調査して、それから……。応援が来たとしてもどうしたものか……」

応援の人がきても、住民が人質になっていれば鬼を倒せない。

鬼を倒せなければ住人は逃げられない。

交渉という形になれば、街の人の命を救う代わりに街を明け渡すことになるのか……。

考えるんだ。

ゴーレムさんたちに街にきて鬼をやっつけてもらうと、体が大きいため建物などいろいろな物を破壊してしまうだろうし……。

「シャルは街の人たちをあの山のところに移動させたあと、飛んで戻ってくるんだよね？」

「何？　ドラゴンに送ってもらえばスキルの節約ができるとでも言うつもりじゃないよね？」

「あの、応援に来る人達に、あそこに行ってもらったらどうでしょうか？」

びしっと山を指さす。

「シャルが、住民をあちらに転移させる、戻ってくる時には応援の兵や冒険者を連れて戻ってくる、そうすれば住民と入れ替えることができませんか？」

ガシッと、両肩をギルド長につかまれ、ブンブンと激しく体を前後に動かされる。

「さすがリオ殿。それなら、広場から人が減るのもばれないな。山に移動したら冒険者や兵には住民の服を借りて着替えさせ、戻ってくるか。鬼に気づかれない間に戦力を引き込める。これはいいアイデアだ。人質がいなくなれば我らも動きやすくなる」

シャルがはぁーとため息をつく。

「でも楽観はできないよね？　まだ応援がこの街に来るの時間がかかるんでしょ？　それに、鬼たちの目的は？　人質を操って思い通りに動かすとかなら」

「羅刹が式鬼を使って人を操ってました。サージスさんもシャルも操られてましたね」

私の言葉にシャルが嫌な顔をし、ギルド長が青ざめる。

「考えたくもないな。サージスが敵になるとか……。そうか、戦力をまるっと奪われる可能性が出てくると言うわけか」

ギルド長が情けない顔をする。

しかし、すぐに大きくて肉厚な手で自分の頬をパンパンと叩いて顔を上げた。

「だが、何もせずにいるわけにもいかない。とりあえず他の避難所の様子を調べさせ、応援に向かっている冒険者や兵たちには街へ入らずに山に待機してほしいと連絡を取ろう。住民には移動を始めた時に騒ぎにならないようにグループ分けをしてリーダーを決めて動いてもらおうか……ああ、やることだらけだな。シャル殿はスキル回復のため休んでいてくれ。早ければ夜のうちにでも少しずつ移動を開始したい」

ギルド長は忙しそうに鐘撞塔の階段を落ちて……落ちるようなスピードで降りて行った。

鐘の下に残されたのは、私とシャルの二人だ。

「どうする、リオ？　ドラゴンたちに連絡しに行く？」

「スキル、ジャパニーズアイでできることは情報を得ることしかないし、ボクはボクにできることをしたい。もう一つの避難所に鬼がいるかどうか確かめたり……」

シャルが小さく頷いてから口を開く。

「ギルドにはいろんなスキル持ちがいるから。鬼がいるかもという前提で調べれば、ギルドで見つけられるよ。頼まれてからでも問題ないと思う」

確かにそうかも。なんで、私にしか見つけられないと思ったんだろう。

恥ずかしくなって顔が赤くなる。

「かわいい顔しないでよ。こんな、他に人がいない場所で……」

ぼそりとシャルが何かをつぶやいたけれど、羞恥心に悶えていたので聞き逃してしまった。

私にできることは鬼を見つけること。でもそれは他の人のスキルでもできないことはない。

じゃあ、私にしかできないことって？　今、必要なことで、私にしか……。

「シャル……必要なのは情報だよね……？　どんな情報があれば街の人たちは助かる？」

一人で考える必要なんてないことを思い出した。聞けばいい。話せばいい。私にはシャルがいる。肩の力を少し抜いて息を吐きだす。

「そうだね、赤鬼じゃない鬼がいないかは知りたいかな。避難所を取り囲む作戦……赤鬼が考えたとは思えない。ダンジョンで耐魔法アイテムを集めさせた酒呑童子や、祭りのふるまい菓子に式鬼を紛れ込ませ住民を操った羅刹。奴らのように頭の働く鬼が指示していると考えたほうが納得できる。あんなろくにしゃべれもしない鬼が周到に計画を練れるとは思えない」

しゃべれない？　そうか。そういう認識なんだ。

「餓鬼たちは、自分の意思がほとんど消えかかっていて、思考も出来なかったと思うけれど、赤鬼たちは違うよ」

人の言葉こそ話せないけれど考えながら行動している。村から髪の長い女性を連れて行った鬼。耳に聞こえる声はまるで意味をなさない唸り声のようだったけれど、ジャパニーズアイでは意味を成した言葉として見えた。そこにはこうしなくちゃならないだとか、こうしたらいいだろうといった意思があった。

「じゃあ、赤鬼の中にリーダー的存在がいる可能性もあるの？　だったら見つけるの大変だね。酒呑童子みたいに他の鬼と明らかに違うなら見つけやすいんだけど」

赤鬼のリーダー？　指示出してる鬼を見つけてやっつけられれば、統制も取れずに倒すのは簡単になる？　何とか見つけられないいんだろうか。

赤鬼たちの会話が聞こえる場所に行けば文字が見える。会話の内容から何か分かるかも。

何処に行けば声が聞こえる？

鬼たちは広場を囲む建物……それこそ壁を一枚隔てただけの場所にいる。だけれど、何かあったときのために建てられた建物の壁は厚く、声を通すことはない。

「とりあえず、ずっと二人でここにいるのもいいけど、降りようか」

シャルが立ち上がって私に手を差し出した。

シャルに、建物の二階へ飛んでもらう？　でもすぐに鬼に見つかっちゃうよね？　それじゃあ会話を聞けない。騒ぎにもなっちゃう。

見つかって騒ぎになるくらいなら、はじめから捕まるのはどうだろうか？

鬼に捕らえられて近づく。シャルと一緒ならいつでも逃げられる。

「ねぇ、シャル！　お願い、付き合ってくれない？」

シャルが私の言葉にふらりとふらついた。

【狼狽(ろうばい)】え？　なんで？　狼狽させるようなこと言ってないよ？

「えーっと、ボクが危険なら助けてくれるって言ったよね？　だから付き合って」

【狼狽】【混乱】【錯乱】【乱脈】シャルに次々と言葉が表示される。なんで？

「シャル……あの、迷惑なら……ちょっとボク調子に乗って簡単に頼み過ぎちゃったかも」

鬼に一緒につかまりに行ってほしいなんてさすがに無理を言い過ぎ……って、まだ何も言ってないよね？

「め、迷惑じゃないからっ、リオが、リオが僕に付き合ってほしいって言うなら」

「本当？　でも、一緒に鬼のところに行くのに付き合ってなんて……本当に迷惑じゃない？」

【すんっ】はい？　シャルに変な文字が出た。すんって何？

「はいはい、そうでしょうね！　リオだもんね！　そういうことじゃないよね！　あー！」

えっと、シャルらしくない投げやりな言葉。

「ごめん。さすがに鬼のところに一緒になんて、迷惑だったね」

ぶにーんと、頬っぺたを両手で引っ張られる。

「迷惑じゃないって、まだわかんないかな？　リオにその気がなくたって、僕はリオのためならなんだってしてあげるって。いい加減分かってくれる？　僕はリオのものなんだから」

シャルが私のもの？　そういえば、よく「僕のリオ」とかシャルは口にしてるけど「私のシャル」なの？「僕と同じパーティーメンバーのリオ」って、確かに言いにくいから？

「そこで首をかしげないでくれる？　って、あーもういいよ。で、鬼のところに付き合えばいいんだね？　どこ？」

「あ、準備……シャル、手を出してもらえる？」

収納鞄から指輪を一つ取り出し、シャルの指にはめる。

「は？　準備で指輪って。リオ、なんか死ぬ前に思いを伝えておきたかったみたいな、死を覚悟して鬼のところへ飛び込むつもりじゃないよね？　なんか嫌なフラグアイテムじゃない？」

死ぬ前に思いを？　死を覚悟？　……何を言っているんだろう？

「うわー、シャルはやっぱり美人」

シャルの指から指輪を引き抜き自分の指にはめる。

「あああ、これ、何？」

シャルが伸びた髪の毛を手に取り驚いている。私の髪の毛も、髪が伸びる指輪の力でどんどん長くなっていく。

「思い出したんだ。もしかしたら、これで鬼に仲間だと思われるかもしれない」

鞄に指輪を入れて、酒呑童子にもらった着物を取り出す。

ファントル領の鬼たちは、着物を与えられた人間は鬼側だと判断していた。

使うかどうかも分からないけれど、いろいろな物を収納鞄に入れてあるのだ。

「ほら、シャルもこれを着て」

アリシアさんが使っていた着物を服の上からはおってもらう。それから、私は桃の花の描かれた着物に袖を通す。

頼子さんが桃の花だと教えてくれた。朧車さんが桜の花を教えてくれた。たくさんの鬼たちのことを思い出す。

「……あのさ、この派手な模様の服って」

「着物って言うんだよ。じゃあ、建物の二階……鬼のいるところへ飛んで」

「いや、着物って名前じゃなくて、酒呑童子も似たような形の着てたけど、色柄から考えるとこれって、女物じゃない？」

【着物：女性用は袖に身八つ口があるが、男性用にはない・女性用は衣紋に抜きがある・男性用は着丈、女性用はおはしょりを作るため長い】

あ。いろいろ出てきた。身八つ口って何？　衣紋って何？　おはしょりって何？

分からない言葉だらけで、結局男性用なのか女性用なのか判断できない。……けど、まぁ一つ言えることは……。

「シャル、とっても綺麗。似合ってる。こんな美人はそういないと思う」

シャルがはぁと小さく息を吐きだす。

「嬉しくない……まぁ、リオが気に入ったならいいけど。っていうか、髪の毛伸ばした時点で、着物が女物だとか関係なく、リオは僕に女の格好させたかったんだよね？」

「女の格好をさせたかったんじゃなくて、鬼の仲間の服装をさせたかっただけだよ？」

着物は私が使ってたのとアリシアさんが使っていたものしかなかったから。

「まぁいいや。飛ぶから」

シャルが私の手をつかむと、広場を囲んでいた建物の二階の部屋の中に飛んだ。

『ぎょふっ！』【何者だ！】

『ぎょふぎょふっ！』【どこから現れた？】

ベッドが二つ並ぶ広めの寝室には、六体の鬼がいた。

『ぎょふ！』【人間か？】

『ぎょぎょふ』【殺せ！】

鬼たちはまさか部屋の中に突然人が現れるとは思っていなかったようでかなり混乱している。

しかし、すぐに武器に手を伸ばした。

シャルが私の手をぎゅっと強く握る。まだだ。まだ逃げなくていいから。

「私に何かしたら酒呑童子様が黙ってはいないわ」

心臓がバクバクする。なるべく余裕があって、鬼たちの上に立つような態度で口を開く。

一か八か、酒呑童子の名前を出す。死んだことが伝わっていればアウト。

まだ、酒呑童子が死んだ情報が伝わっていなければ私の勝ちだ。

『ぎょ！』【人間が、なぜ酒呑童子様の名を知っている！】

他の赤鬼よりも少し体が大きい鬼がすごむような顔をした。酒呑童子は死んだはずだぞと言う言葉はまだ出ない。

『ぎょふぎょ』【酒呑童子様といえば、人間の女をさらって傍に置いていたじゃないか】

細身の鬼が大きな鬼の肩を叩いた。

「見えないの？　これが」

腕を前に出し、着物の袖を振って見せる。

『ぎょぎょふふ』【それがどうした】

大柄な鬼が馬鹿にしたように口を開く。

『ぎょぎょぎょふっ！』【馬鹿、お前は黙っていろ。酒呑童子様を怒らせたら命はないぞ】
『ぎょふ』【そうだ！　どう見ても高そうな着物じゃないか】
少しバクバクとした心臓が落ち着いてきた。酒呑童子が死んでいることは伝わってないと思っていいのかな。
赤鬼たちを恐れていると思われないように、言葉を続ける。
「誰の命令で動いてるの？　あなたたちのリーダーを連れて来なさい」
『ぎょふっ』【おい、すぐにダイガさんを連れてこい】
細身の赤鬼が、後ろにいた赤鬼に声をかけた。
ダイガ。それが赤鬼のリーダーの名前？
『ぎょぎょふ』【その女が言っているのは、ダイガさんじゃなくて茨木童子様のことでは？】
茨木童子？　酒呑童子と同じ「童子」と名前に付いている。……強くて頭の回る鬼って考えていいのかな？
『ぎょふ』【たとえそうだとしても、茨木童子様は鬼ヶ島にいるだろう。呼べと言われたって、すぐに来られるわけじゃないか】
鬼ヶ島にいる？
鬼の島？　……あ。見たことがある。桃太郎の絵本で、鬼退治に向かった場所が、鬼ヶ島だ。
鬼ヶ島がどこかにあるの？　一体どこに？

『ぎょふふ』【確かに今から連絡をしても、こちらにいらっしゃるには十日はかかる】

十日かかる場所？　通信腕輪のような離れた場所でも連絡が取れる方法があるなら、片道が十日。もし、伝令が伝えに行かなければならないのなら片道五日、往復で十日。

「ダイガで構わないわ。早く連れてきてちょうだい」

『ぎょふっぎょふ』【おい、急いで連れてこい！】

大柄な鬼に怒鳴られ、鬼が慌てて部屋のドアを開いて出て行こうとする。

『ぎょふふ』【外には人間がいるかもしれないからな、慎重に移動しろよ。ほら、こいつを着ていけ】

細身の鬼が、クローゼットからフード付きのマントを取り出して小柄な赤鬼に渡した。

赤い肌を隠し、フードで顔も隠してしまえば赤鬼と知らなければ人間に見える。

「私たちをいつまで立たせているつもり？　椅子とテーブルはないの？」

この部屋でいつまでも戻ってくるのを待つほどの余裕はない。できるだけ情報を集めたい。

建物の中がどうなっているのか。他の部屋に何人くらいの赤鬼がいるのか。

『ぎょふっ』【こちらへ】

細身の鬼が私とシャルを通すためにドアを開いた。

廊下には鬼の姿はない。

「隣の部屋、空いてる？」

『ぎょふふ』【いえ、隣の部屋も同じように五～七人ほどが詰めております】

人？　鬼を私たちは「体」で数えていたけれど……。赤鬼たちは人で数えるのか。……頼子さんのようにもともと人だったならば不思議はない。赤鬼たちも、もしかしたら餓鬼や頼子さんのようにもともとは人だった？

「じゃあ下の部屋でいいわ。ダイガと話ができる場所が欲しい。もちろん椅子とテーブルもね。お茶を出せなんて贅沢は言わないわ。あなたたちの出すお茶に期待できないもの」

不安が見破られないよう、鼻っ柱が強そうな感じに赤鬼を馬鹿にするような言葉を織り込む。

階段を下りると、台所と一緒になった家族が集まってくつろぐ大きな部屋があった。二十人ほどの赤鬼がひしめき合っている。

「上に十人、下に二十人といったところか……」

シャルがぼそりとつぶやいた。

「ずいぶんいるのね。邪魔だわ。他の建物で、もっと空いてるところはないの？」

不満げに案内役の鬼をにらむ。

『ぎょぎょふ』【どこも同じです。ご不満なら別の建物に移動させますが】

どの建物も同じように三十体前後の鬼がいるのか。建物の数はおよそ五十。五十の建物に三十体ずつ。千五百体もの鬼に囲まれているということ？

さーっと背筋が寒くなるけれど、顔には出さないで、強気な女のふりを続ける。

「結構よ。でも邪魔ね。二階に行ってもらって」

着物姿で突然現れた私とシャルを、不思議そうに見ていた赤鬼たちは特に警戒する様子も見せなかった。

私を案内してきた細身の鬼は、この建物の中ではそれなりの役割を担っているようだ。

鬼ヶ島に指令を出した茨木童子(いばらきどうじ)という鬼がいて、この街に攻めてきた鬼のリーダーがダイガ。それからそれぞれの建物にまとめ役のような鬼がいる……と。そういうことかな。

無秩序に動いていない分、倒しやすいのか。それともこうして戦略的に動くから厄介なのか……。私には分からないけれど、情報は無駄にならないはずだ。

『ぎょふっ』【お前たち、上に行ってろ。ダイガさんが来る】

細身の鬼が言うと素直に赤鬼たちは二階へと上がって行った。

「あなたがこの建物のまとめ役なの？　立派ね」

どうしたら情報を引き出せるのか。ファントル領でとらえられ働いているお姉さんたちが教えてくれた、いろいろペラペラしゃべって貰(もら)う方法を思い出す。「褒(ほ)めろ」というのを。

『ぎょぎょ』【私は副隊長だ。上に居た体の大きな奴が隊長だがあいつは強いが怒鳴り散らすだけの馬鹿だから、皆は私の指示に従う】

え？　隊長とか副隊長とかいるんだ。

「何人くらいをまとめてるの？　大変でしょ？」

『ぎょふふ』【九十人だ。ここと両隣の建物が私の隊になる】

相当隊長に対してうっぷんが溜まっているのか。褒められて気分がいいのか。私の隊とまで言い出した。

「すごいですわね。九十人も。他の……」

もっと情報を入手しようとしたところ、ガタンとドアが開いて、一段と大きなフード姿の人物が現れた。

すぐにフードを取り外すと、黒い縮れた髪に、どす黒い赤い顔をした鬼の顔が覗いた。

角が、他の赤鬼よりも太い。倍くらいの太さがある。

『ぎょぶぶっ』【何の用だ、俺様を呼びつけるとは】

サージスさんよりも大きな体から発せられる声は重低音で、体をぶるると震わせた。

いや、これは声のせいじゃなくて威圧？

舐めてた。赤鬼なんて所詮は話ができる鬼に比べたら弱いと。

だけど、これだけ威圧感がある赤鬼もいるんだ。……もちろんサージスさんなら簡単に倒せるだろう。だけど、B級冒険者では太刀打ちできないかもしれない。

『ぎょふ』【ダイガさん、それが酒呑童子様のところから女がやって来まして、話があると】

細身の鬼の言葉にはっとする。

そういえば、呼びなさいとは言ったけれど、当然呼んだからには何か話をしなければならないんだよね？　どうしよう。何も考えてなかった。

『ぎょ？』【酒呑童子様の女だと？】

部屋の奥にいる私とシャルに気が付いたようにダイガが視線をこちらに向けた。

がつがつと大股でダイガが私の前に歩いてくる。シャルが警戒するようにきゅっと手を握る。

『ぎょぎょ』【は、はい。いい着物も着てますし、酒呑童子様の名前もご存知でしたし……】

ダイガの太い腕が伸びて私の首をぐっとつかんだ。

うぐっ。喉が一瞬つぶれ息ができなくなった。

シャル、まだ大丈夫だから……と、シャルの手をきゅっと握る。

『ぎょぎょぶ』【馬鹿が、騙されるな。この女は偽物だ】

嘘！　ばれた？　なんで？　ダイガは酒呑童子が死んだことを知ってるの？

喉元をつかまれたまま上に体を持ち上げられる。

つま先立ちになって必死に喉が閉まるのを耐える。シャルはすぐにでも飛ぼうと私の手を握る手に力を入れるけれど、大丈夫だと伝えるために強く握り返さない。

喉を閉められたとしても意識が絶えるまで多少の間はある。千年草を念のため口に含んでいるし……それでも喉が苦しくて冷や汗が出る。

『ぎょぶ』【酒呑童子様は子供になど興味はない。気に入るのはな、大人の女ばかりだ。何処から着物を手に入れたか知らぬが、騙されるな】

ダイガは手首をひねって乱暴に私を床にたたきつけた。

ひゅーっ。締め付けられていた喉が解放されて空気が喉の内側で冷たく感じる。

『ぎょっ』【始末しておけ】

ダイガが背を向けて、細身の鬼に命じた。

まだだ。酒呑童子が死んだと知られていたわけじゃない。まだ、情報が引き出せる。

「よくも、酒呑童子様のお気に入りの私に狼藉を働いたわね？　子供？　だったらなに？　私の価値は女であることじゃないわ！」

近くにあった水の入ったコップをダイガに向けて投げつける。

びしゃっと中身がこぼれ、ダイガの足元を濡らした。

『ぎょぶぶっ』【何をする！　許さんぞっ】

許さんって、どうせ始末させるつもりだったのに。おかしいよねと思った。

そんなことを考える余裕がある場面でもないのに、なぜか頭が妙に冴えているというか冷めている感じがした。

「目よ。私はこの鬼の目を気に入られたのっ！」

伸ばされたダイガの太い腕を両腕でつかむ。そして、ぐいっと引っ張った。大きな体躯は私が引っ張ったくらいではびくともしないが、注意は引けたようだ。

『ぎょぶ？』【鬼の目、だと？】

ダイガの手を離し、黒目を指さして見せる。

「そうよ、ほら。酒呑童子様は懐かしい色だと。故郷の色だとおっしゃってくださったわ。それに、黒い目と色素の薄い髪の毛の組み合わせが、自分に似ていると……そう言ってくださった」

怖くない。もう、怖くなかった。

スキルジャパニーズアイが本当に鬼の目だったとしても。

これから私は鬼になってしまうんだとしても。怖くない。

これが、私の目だ！　これが私のスキルだ！　鬼になってしまう運命だったとしても、今、このとき、誰かの役に立てる！

「ほら、よく見なさい。真っ黒で美しい私の目。酒呑童子様が大好きな私の、この鬼の目を！」

ずいずいと、体をダイガに近づけていく。

ダイガの大きな腕が伸びた分の距離が開いていたけれど、足を一つ分、二つ分と。

ダイガに近づくたびに、私の中で何かがはじけていくような気がした。

そうだ。殻……。卵の殻のようなものが……。私の心を守るように包んでいた殻がパンパンと少しずつはじけ飛び、剝がれ落ちていく。そんな感じがしている。

「ねぇ、見えてる？」

睨み付けながらダイガに近づく。巨体が揺れ、一歩足を引いたところで、勝ったと思った。

「許してあげるわ。簡単に信じてしまうよりも、それくらい用心深く物事を判断するほうがリーダーとしてはふさわしいわよね。座りましょう」

くるりと背を向けて、食事をとるためのテーブルに腰かける。

六つの椅子が並んだテーブルだ。

奥の中央に私が腰かけ、その右隣にシャル。私の向かい側にダイガが座った。その後ろに細身の鬼と、ダイガを呼んできた鬼が立っている。

さて。これからどうしよう。

困ってシャルを見る。

「リオ、鬼が何を言っているのか分からないけれど、これからどうするつもり?」

シャルが小声で内緒話をする。

いやー。本当にどうしよう、どうしよう、どうしよう!

『ぎょぶ……ぶ……』【そ、それで話というのは……。その、酒呑童子様はなんと?】

ダイガの口調にそれまでの迫力はない。体から発せられる威圧感はあるものの、声には覇気が無くなっている。人間用の小さな椅子に、巨体が小さくなって座っている。

酒呑童子が怖いのか、私に失礼が無いように緊張しているようにも見える。

ああ、まずい。ずっと黙っていては不審がられるよね。

何しに来たのか? ああ、本当に何も思い浮かばない。

時間を稼ごう。時間を稼げば何か思いつくかもしれない。じゃなければシャルに相談だ。
時間稼ぎ……って、何をすれば？
あっ、そうだ！　収納鞄(かばん)から宝箱を一つ取り出し、ダイガの前に押し出す。
「開けてみなさい」
ダイガは警戒しながら宝箱を手にとると、ゆっくりと蓋(ふた)を開いた。
『ぎょふ？』【これは、ぼたもち】
宝箱の中身に文字が表示されている。【おはぎ：ぼたもち・おはぎやぼたもちは半殺し。あんころもちは全殺し】
は、半殺しって何？　とりあえず知ったかぶって口にしてみる。
「何か、分かったみたいね？　確かにこれは……半殺しのぼたもちよ」
『ぎょぶぶ』【そうか。米粒の食感が残っていたほうが俺は好きだ。全殺しにしたあんころもちはどうにも好かん】
ひぃ。全殺しって何？　米粒の食感？　米粒って何？
『ぎょぶふ』【それで、これを酒呑童子様はどのような理由であなたに運ばせたんだ？】
いや、だから。まだ考えてないよ。
どうしようかなと、動きを止めてじっとしていたら、目の前に座っているダイガの様子がおかしい。ちょっとそわそわしているような……？　視線はぼたもちにくぎ付けになっている。

そういえば、好きだと言っていたよね？

「お食べになってもいいのよ？」

食べている間は考える時間ができると思って勧める。

しかし、食べずにおはぎから視線をあげて私の顔を見た。じっと私を見ている。

あんなに食べたそうな様子だったのに、なんで食べないのだろう？　と見ていたら、ダイガが机の上に置いたこぶしをぐっと握りしめた。

『ぎょぶ……ぎょぎょぶ』【酒呑童子様は、茨木童子様を裏切って自分に付けとおっしゃっているのか？】

はい？　ちょっと話がおかしな方に進んだよ。

「あら？　酒呑童子様が、茨木童子様と敵対しているようなことをおっしゃるのね？」

知らないよ。鬼同士には派閥だとか抗争だとかあるの？

ダイガの目が泳いだ。これは、はっきりとは言えないけどそういうことがあるみたいな感じと受け取ればいいの？

「もしや、酒呑童子様が女性をたくさん周りにおいているのが気に入らないのかしら？　茨木童子様は真面目な方なの？　私はよくわかりませんけれど、羅刹様も、十人の羅刹女様に囲まれていらっしゃいますわよね？」

いったい鬼の世界ではどうなっているのか。

『ぎょふ』【あ、いえ、我々赤鬼、青鬼が勝手に……その、四天王様の中で誰が一番かという話をしているだけで……その……】

『ぎょふっ』【はい。そうです。酒呑童子様も茨木童子様も羅刹様も夜叉様も皆素晴らしく強くて、私たちのあこがれの存在なのです】

ダイガの後ろの鬼が助けるように口を挟んだ。四天王？

「羅刹様はけた違いに強い鬼がいると言っていましたが、それは茨木童子様のことではなくて？」

『ぎょぶぶ』【いえ、それは四天王のさらに上。閻鬼大魔王様のことでございましょう。四天王が四人束になっても敵わないお方です】

閻鬼大魔王？　そんなに強いんだ。四天王が束になってって、酒呑童子のような強い鬼が四人束になっても倒せないってこと？

すっと背筋が寒くなる。

って、大丈夫。きっと、大丈夫。神の力が宿った武器が手に入れば……。もっともっと皆強くなるし。

今はとにかく、情報を一つでも多く手に入れることに集中っ。

「茨木童子様が酒呑童子様のことをお嫌いでなくてよかったわ。もちろん、私も仲たがいさせるために来たわけじゃありませんわよ？　変な勘繰りは不要ですわ。さぁ、召し上がれ」

シャルがちょっと私の手を握る。

鬼同士での抗争があるのならそれを利用できるのではと考えたのかもしれない。

鬼の話していることはシャルには分からないから、私の言葉からやり取りを推測しているのだろう。後で聞いたことを全部伝えなければ。

ダイガはまだ疑うように私のことを見て、おはぎに手を付けない。

「ああ、そうでしたわ。先ほど私に失礼な行いをしたお仕置きがまだでしたわね」

私の言葉にダイガがぐっと身を縮める。

「ふふっ、そう怖がらないでいいわ。私がお仕置きをしておきましたと伝えれば、酒呑童子様から何かされることは無いですから」

収納鞄の中から小さなメイス型の【マニ車】を取り出す。

『ぎょふ？』【その小さなもので俺を叩くのか？】

変な顔をする。

『ぎょふふ』【よかったですね、あんなかわいらしい物で叩かれるだけで済んで】

後ろに立っていた鬼がほっと息を吐きだした。

ああ、赤鬼たちも【マニ車】が何か知らないんだ。

「ふふ、叩いたりしないわよ？」

メイスのような形の上になっている部分をくるくると回す。

【観自……薩……般若波羅……時……見……一切苦……舎利子……不異空……色即是空……即是……受想行識……舎利子。是諸法空相。不生不滅。不垢不浄……】

メイスから、キラキラした文字がくるくると立ち上っていくのが見える。

それはそのまま部屋の中へと広がっていった。

「え？　あれ？」

おかしい。全然赤鬼の周りを回ったり、拘束したりしない。

なんで？　どうして？　鬼によって効果がある相手とない相手がいるっていうこと？

『ぎょぶ？』【あの……これがお仕置きで？】

ダイガが首をかしげている。そりゃそうだろう。

お仕置きをすると言って、目の前で見たことのない道具で遊ばれては……。

「どうやら壊れてしまったみたいだわ。本当はとてもひどい音が鳴って耳が痛くなるのよ？」

適当に言い訳をして鞄の中に戻す。

赤鬼たちには【マニ車】は効果がないということが分かった。……広場の人々が襲われたときに役に立つかと思ったのに。

『ぎょぶぶ？』【まさか……、酷い音を聞かせるのがお仕置き……？】

ダイガが驚いた顔をしている。

「壊れてしまったみたいなので他のお仕置きを考えないといけないわね……何があなたたちは

苦手なの？」

まさか、自分の弱点を言うわけないと思って聞いてみた。

『ぎょぶぶ』【豆が駄目だ。ぶつけられるとぶつかったところが焼けただれてしまう】

「え？　あの、そんな自分たちの弱点を私に教えても大丈夫なの？　私が豆を取り出してぶつけたら痛い思いをするのでしょう？」

びっくりして椅子から立ち上がった。

シャルが私のセリフから会話の内容を推測したようで、思わずと言った様子で口を開いた。

「……嘘の情報では？　豆を取り出してぶつけて、痛くもないのに痛いふりをして難を逃れようというのでしょう。赤鬼というのは随分せこい真似をするようですね？」

シャルの挑発するような物言いに、慌てて口を開く。

「黙りなさい、彼らがそんなことをするはずはないでしょう？　茨木童子様に恥をかかせるようなことをするとでも？　私が酒呑童子様に報告すれば、すぐに嘘はばれるのよ？」

シャルがニヤリと口の端を上げて笑った。

ん？　あ！　もしかして、私が赤鬼を庇うと分かっていてわざと悪役を買って出た？

『ぎょふ……』【俺のために怒ってくれるのか？】

あー、いや。褒めて情報を聞き出す作戦の一環で……。

『ぎょぶぶ』【嘘はついていない……が、確かにずるい言い方をした。豆なら何でもというわ

けじゃない。大豆だ。大豆という豆が俺ら色付き鬼は苦手なのだ】

色付き鬼？　赤鬼のほかに青鬼も見たことがあるけれど、そういう「色」のことを言っているのだろうか。

『ぎょぶぶぶ』【前いた場所では大豆はいたるところで栽培されていたが、この世界にはない。無い豆が苦手だと言うのはずるい話だった】

は？　大豆がない？　この世界にもあるよ。ドラゴンさんたちが探してきてくれた。

確かに、栽培もしてなければ食事に使っているわけでもない。

けどある。大量には無いけれど、探せばどこかにある。でも、これは黙っていたほうがいいだろう。

「では、お仕置きは……」

どうしよう。

「こうしましょう。後ろの二人いらっしゃい」

ダイガの後ろに立っていた二人を手招きする。

「ダイガの代わりにおはぎを食べなさい」

『『ぎょ』』

ダイガと二人の鬼が同時に驚きの声を上げた。

「お仕置きだもの。ダイガ、あなたはおはぎが好きなのでしょう？　好きなのにこの世界ではめったに手に入らない。いえ、もう二度とあなたの前には出てこないかもしれないわね？　それを目の前で部下たちに食べられるのよ。とてつもないお仕置きだと思いません？」

たぶん、サージスさんなら泣いてる。号泣してる。

あれ？　おかしいな。食べてる二人の鬼も涙目だ。嫌いだったのかな？　甘い物って苦手な人は苦手だと思うんだけど。

ダイガは恨めしげな目で二人を見ている。

あ、知ってる。あれ……ずっと後まで「あの時は俺のおはぎをよくも食べたな」と言い続けるやつだ……。

ごめん、むしろ二人へのお仕置きになってる？

慌てて鞄の中から宝箱を三つ取り出して机の上に置く。あ、慌てて出したから中身を考えてなかった。宝箱って念じて出したから。何が入ってかは分からない……。

ダイガがまだ続くのかという目で宝箱を見ている。いや、おしまいです。二人がかわいそうだからね。

「お仕置きは済んだということで。ここからは酒呑童子様からの話を伝えます」

って言ったけど、どうしよう。ぎゅっとシャルが私の手を握った。

「続きはこの子が話すわ。人間の言葉をあなたたちは理解できるのよね？　でもこの子は鬼の言葉が分からないから私が通訳します」

シャル、これでいいんだよね？　代われってことだよね？　もし違ったら、単に私は考えることを放棄してシャルに丸投げしちゃったことになる。

シャルの顔を見ると、シャルが小さく頷いた。どうやら間違っていなかったようだ。

『ぎょぶ』【分かった】「わかった」

……。うん。ここから私は、文字を読むお仕事です。

「リーダーはあんた？」

シャル、ちょっと、シャルさんや！　口調がいつも通りだよ！　私は頑張って女の子らしいしゃべり方をしたっていうのに！

『ぎょぶ』【そうだ】「そうだ」

「建物ごとに小隊長みたいな人がいるの？　だったら、集めてくれる？　一度に説明したい」

『ぎょぶぶ？』【集めるだと？　いったい何の話をするつもりだ？　集める前に簡単に説明してくれ。理由も分からず集めるわけにいかない】

粛々とダイガの言葉をシャルに伝えていく。

何を言うつもりなのか、シャルの考えは全然わからない。

「これだ」

シャルが私がテーブルの上に出した宝箱をポンポンと叩いた。

え？　これ？　ダイガが首をかしげ、私もうっかり首をかしげそうになって慌てて「知ってますけど」って顔しながら、収納鞄から追加で二つ宝箱を取り出した。

「有用なアイテムだ。ワタシたちの判断で誰に渡すか裁量を任されている。誰に渡すか、鬼たちを見てみないことには決められないから、有望な者を集めてほしい。あ、もちろんアイテムは、タダで渡すわけじゃないよ？　ファントル領周辺でこばえが騒ぎ出したのを始末してほしい。酒呑童子様から茨木童子様には話を通してある」

宝箱の中身を、選んだ鬼に配るの？　酒呑童子の手助けをする前金みたいな感じって設定？　だったら。鞄の中から宝箱を取り出して蓋を開けて見せる。

「火属性魔法への耐性のあるヘアバンドです」

ガタリと椅子を鳴らしてダイガが前のめりに宝箱に手を伸ばしてきた。

シャルがさっと私の手から宝箱を取って蓋を閉める。

『ぎょふ』【それがあれば我らの弱点である火魔法攻撃におびえずに済むというのか？】

シャルがニヤリと笑った。

「まぁ、そういうことだから。小隊長はもちろんだけど、有能そうなのも集めといて。その中で役立ちそうな者に渡すからさ」

『ぎょぶぶっ』【俺だ。俺が一番強くて有能だ！　集めるまでもない！】

どんっと手の平でダイガが机を叩く。

「で、独り占めするつもり？　アイテムはいろいろある」

シャルの言葉に、慌てて鞄から宝箱を三つほど取り出して机の上に並べていく。

『ぎょふ』

ダイガの後ろに立つ二人が唾を飲み込む音が聞こえた。

「ああ、そう。とある鬼たちの話なんだけどね？　リーダーがアイテムを独り占めして部下に渡さなかったことがあったんだよ？　ファントル領でこの間。どうなったと思う？」

え？　どうなったの？　いや、架空の話だった。シャルの話し方が真に迫っているから。

シャルがふっと笑った。

「もちろんリーダーはどうなったか分かるよね？」

ダイガがきゅっと小さくなったように見える。

「リーダーの暴走を止められなかった無能な者たちの角がどうなったかも想像できない？」

ダイガの後ろの二人がおびえたように角を手で覆った。

「作戦に支障をきたし、多くの鬼が犠牲になった。まぁ、だから今回の取引なんだけどね？」

うわー！　シャルすごいなぁ。架空の話をつなげちゃったよ。なるほど。

酒呑童子の部下がいっぱい死んだ。それを補うために助けが必要。

助けの対価として鬼たちにとっては貴重で喉から手がでるほど欲しい火魔法耐性アイテムを渡す。そして、もともとはそのアイテムを巡って部下が横領まがいのことをしたことに端を発している……と。

その部下たちに渡していたアイテムは宙に浮く形だ。こうして大量にここにあっても不思議はない。

「で、急いで集めてくれる？　ワタシたちも暇じゃないんだよね。ファントル領周辺のこばえ退治は急を要するし。お前たちが協力しないというなら、別のところへ行くまでだけど？」

ダイガが慌てた。

『ぎょぶぶ』【待ってくれ、すぐに集める】

それを後ろの細身の赤鬼が制した。

『ぎょぶぶ』【ダイガさん、協力するって言っても我々は、茨木童子様の命でこの街の……】

シャルが長い髪の毛をふわさっとかきあげた。

綺麗だなぁ。シャル。

「馬鹿なの？」

見た目はすごい綺麗で美人なのに……。中身はいつものシャルだ。

「馬鹿だよね？　ちょっと考えればわかるでしょ？　このちっぽけな街と、数々のアイテムとどっちが価値があると思ってるの？　もちろん、それはお前らにとってって話じゃないんだけど？　考えたら？　ねぇ、そのない頭でもっと考えなよ？」

シャルがダイガの額を指先でつんつんつんと突いた。

ちょっと、シャル、相手は腐っても鬼だよぉ。怒らせたらどうなるか……。

『ぎょぶぶ……』【この街とアイテム……】

怒るどころか、ダイガはしゅんっと肩を落とした。

『ぎょふ……』【茨木童子様もアイテムのほうが大事だと言うでしょう】

勝手に後ろの鬼が解釈して口を開いた。

その言葉を私はシャルに伝えると、シャルはにぃっと意味ありげに笑う。

シャルはさ、具体的にあれやこれや言葉にしすぎないんだよね。アイテムを独り占めした鬼の末路とか。その鬼の部下たちがどうなったかとか。勝手に想像して、鬼たちが青くなったり赤くなったりしている。

「そうだ、馬鹿なお前たちは知らないかもしれないから、教えてあげるけど。その貴重なアイテムさ、ファントル領のダンジョンで取れるんだよね？　この意味わかる？」

シャルの今の言葉に嘘は混じっていない。

相手が勝手に話を補うだけだ。自分で考えて導き出した答えを、人は真実だと思い込むとも聞いたことがある。

だから、全部答えを言わない。

『ぎょぶぶ』【茨木童子様は、アイテムを融通してくれるならファントル領の周りのこばえは任せろと交換条件を出したのか？】

『ぎょふ』【アイテムを渡す証拠として、あなたたちがアイテムを持って使いに来たということ

とですね？】

　ダイガがすべて理解したとばかりに、大きく頷いて立ち上がる。

　シャルは自分が誘導した答えを鬼から導き出せたと思ったのか、にこりと微笑んだ。

　綺麗だなぁ。シャルって、こんなに綺麗な顔してたんだなぁ。

『ぎょぶ、ぶぶ！』【おい、すぐに小隊長格の奴らを集めろ、移動には外の人間に気取られないように注意を払え。それからそれぞれの隊から有能な者も数人選び出して連れてこさせろ】

「ここに全員集まるんじゃ狭いよね？　準備するからさ、二時間くらいしたら二十人ずつくらい来てもらえる？」

　準備？　何の？

『ぎょふ？』【準備ですか？】

「そう、とりあえず、この机と椅子、それから他の家具も全部この部屋から運び出しておいて。また後で来るよ」

　シャルはそういって、私の手をぎゅっと握り、飛んだ。

　教会の塔だ。他に誰もいない。

「リオ……」

　シャルが複雑な表情をして私を見ている。

「リオの言うとおりだね。赤鬼とは会話が成立するんだ」

そんなことを言うために、ここに連れてきたの？　……そんなはずはないよね。何が言いたいのだろう。

「リオは覚悟はあるの？」

覚悟？

「会話ができる……ってさ、それだけで動物やモンスターよりも人に近く感じるけど、殺せるの？　リオは……鬼にもいい鬼がいるからって、助けたいって思ったりしないの？」

ああ、シャルは私の心を心配してくれたんだ。

「まぁ、こうして人間を殺そうとする鬼は間違いなく悪い鬼なんだけどさ。だからと言って、全部の鬼が悪いと思えないんだよね？」

「頼子さんという鬼が言っていたんだけどね……死ぬことは救われることなんだって。鬼でいる限り傷つけたくないのに人間を傷つけてしまって苦しいんだって。死んで輪廻の輪に戻ることは幸せなことなんだって……それに、餓鬼もね、空腹を抱えてさまよい苦しんでいるんだよ。消えるのは倒されたんじゃなくて……その」

シャルがふっと笑った。

「なるほど、殺すとか倒すんじゃなくて、死ぬことにより救いを与えるって、浄化に近いってやつじゃん。さまようスケルトンを倒すみたいなもんってことでしょ？　呪いから解放するとか」

そういうことなのかな？

「くくくっ。まったく、リオってば、本当に聖女じゃん」

はい？

「ち、違うよ、ボクには浄化スキルはなくて」

【デコピン】

痛っ。シャルがあきれた顔をして私の顔を見ている。

「自分が助かるために鬼と戦うんじゃなくて、まさか鬼を助けるために戦うなんて……」

ふぅとシャルがため息をついた。

「ち、違うよ、べ、別にボクは鬼の味方とかそういうんじゃなくて、ちゃんと人が助かるためにって思ってるよ。シャルもサージスさんもみんな、誰一人死んでほしくなくて……」

「分かってる。リオが苦しんでないならいいし、聖女なんてみんなに知られたくないから、今の話は誰にも言わないでよ」

いや、だから、今の話をしても聖女なんて思われるわけないよね？　でも、とにかく。

「心配してくれてありがとう」

シャルが私の手をつかんで、再び飛んだ。

そうだ、鬼を集めさせるように言って出てきたんだっけ。

「シャル、えっとこの先どうするつもり？」

声をかけると同時に視界に飛び込んできたギルド長の顔。

ああ、マーキングしてあったんだったね。

「時間がない。ギルド長、街の守りは最小限にして集められるだけ鬼と戦える戦力を集めて。僕は他の地域からも応援を連れてくる。時間は限られてる。理由は後で説明する」

シャルが私の手をつかんで再び飛んだ。マーキングをたどって飛んでいる。二回で将軍の顔が出てきた。

「将軍、戦力貸して。急ぎで。強い人」

将軍が突然現れたシャルに一瞬だけ驚いたようだが、その言葉に分かったとすぐに返事をする。

「手短に理由を説明してくれ。どのような人間を集めればいいか、それによって変わってくる」

「ゴドリアの街に攻めてきた鬼対策だ」

「ああ、それは聞いている。住民を避難させたつもりが、大量の人質になってしまったと。シャルが少しずつ住民と兵を入れ替える作戦を立てたことも。そのためにすでに冒険者や兵は街に向かって移動しているはずだが？」

シャルが私の顔を見た。綺麗だなシャル。って、私たち髪の毛が伸びて着物を着ていたんだ。

将軍があまりにも普通に対応するから忘れてた。そういえばギルド長も何も言わなかったな。

「リオが情報を探ってくれた。教会の広場を囲む建物にいる鬼について」

うんと頷きなるべく簡潔に説明する。

「茨木童子という鬼の命令で動いているようです。酒呑童子と同等レベルの強い鬼は現場にはいません。遠く離れた場所にいて今連絡しても到着まで数日かかるということです。現場を任されているのはダイガという赤鬼です。他の鬼よりもどす黒い色をした大きな鬼です。広場を囲む建物の数はおよそ五十。その一つずつに三十体ほどの鬼が潜伏している模様。それぞれに隊長と副隊長と呼ばれるまとめる鬼がいるようです」

将軍が眉を寄せる。

「ずいぶん数が多いな。隊に分かれているというのも厄介だな。いろいろな策を練って、臨機応変に対応が可能だ」

シャルがニヤリと笑った。

「じゃあ、リーダーと隊長を下っ端から分断できたとしたら？」

「そりゃ、ずいぶん戦いが楽になる。烏合の衆など、同じ人数が集まっていても統率の取れている隊の半分……いや、十分の一も力が出せないだろう」

そんなに……。ああ、でもそうか。相手が仮に強いモンスターだったとして、統率が取れたパーティーなら個人の力ではかなわなくても勝てるもんね。それと一緒なのかな？

「何を今更、シャルならそんなこと知って……って、まさか？」

シャルがやっと分かったのかという馬鹿にしたような目を将軍に向けた。

「鬼のリーダーと隊長と腕の立つ赤鬼たちをおびき出せそうだ。待ち伏せするための戦力を貸してほしい」

将軍はシャルに少し待つように言って、二十人の兵をそろえるよう命じる。

「追加で送る準備はする。街へ向かっている者たちも待ち伏せる場所へ行かせる。どこへ行けばいい？　目印はあるか？」

「ドラゴンが案内する。リオ、頼める？」

うんと頷く。

「あ、そうだ、これ」

収納鞄（かばん）から大豆を一握り取り出して将軍に差し出す。

将軍が私の手のひらに載った大豆に視線を落とし、一粒つまみ上げた。

「何だ？　豆……か？」

「はい。大豆って言います。煎（い）って粉にして砂糖とまぶすととても美味（おい）しいんです」

将軍が困った顔をする。

「リオ、今する話じゃないでしょ」

「あ、そうですよね。シャルの言うとおりです。あの、美味しいからとドラゴンさんたちが探してきてくれたんです。どうやら簡単には見つけられない豆で」

シャルがため息をつく。そうだ、そんな話をしたいわけじゃない。

「赤鬼も、この世界には存在しないと思っている豆……大豆です」

「存在しないと思っていた美味しい大豆をご馳走して鬼たちを油断させようっていう作戦じゃないよね」

シャルの言葉にちょっと首をひねる。赤鬼もきなこになってれば食べられるのかな？

将軍は相変わらず困った顔をしたまま、私の手に大豆を戻すと、そっと手を握らせた。

「その作戦は後で考えさせよう」

将軍の手をつかんで、手のひらに大豆を置く。大きくて分厚い皮の手のひらだ。サージスさんも同じような手をしていた。剣を振って振って振って……。将軍は剣豪スキル持ちだ。だけど、スキルだけで将軍になったわけじゃないんだ。いっぱい訓練したと、この手が物語っている。

「ごめんなさい、将軍、時間がないのでお城の人か王都のギルドの人かに伝えてもらえますか？　本当か分かりませんが赤鬼は豆の中でもこの大豆が苦手だそうです。ぶつけられると焼けただれるそうです。色付き鬼……赤鬼や青鬼たちにしか効果がありません。そして、色付き鬼たちはこの世界に大豆は存在しないと油断しています」

将軍は私が手の上に置いた大豆を食い入るように見た。

「それは本当か？　この大豆が赤鬼や青鬼たちの弱点……それが本当なら」

「まあ、ぶつけるだけじゃ倒せないけど、逃げていくだけでも助かるね。剣を持てない人間も、豆を投げつけることならできそうだけど……今回は使えないでしょ」

うんと頷く。子供でも豆は投げられる。たくさん豆が飛んで来たら、さすがに鬼も逃げ出すのではないだろうか。焼けつくなんて苦しいはずだ。でも、確かに豆を栽培する話とかは今しなくてもよかったかも。

シャルの言葉に将軍が頭を下げた。

「すまないリオ。大事なことを伝えようとしていたのに、気もそぞろになっていい加減な態度を取った」

「いえ、頭を上げてください。そもそも忙しい将軍に頼むことじゃないかもしれないですし、他の者に伝えてくれって思っても仕方がないというか……」

すっと背筋が寒くなる。時間がないからって、お城の人かギルドの人に伝えてくれなんて、将軍を使いっぱしりみたいにするなんて失礼にもほどがあった……！　シャルだって、今このタイミングで伝えることじゃないと言ってたし。

「いや、見つけにくいと言っていたな。早いにこしたことはない。探させよう。栽培もしなければ。数を増やさなければならない。厄災を終わらせるための武器は多いほうがいい」

「将軍！　特殊任務だとか」

二十代半ばの茶髪長髪の男が将軍に声をかけた。男の後ろには姿勢を正した制服姿の男の人たちが並んでいた。冒険者とは明らかに違う。兵士……いや、騎士？

「ああ、ここからは二人の指示に従ってくれ」

将軍が私とシャルを男に紹介する。

「もしかして、護衛任務ですか？　こんなかわいい子の護衛なんてラッキーだなぁ」

長髪の男がにこにこっと笑って私に手を差し出した。

すぐにシャルが私と男の間に体を滑り込ませる。

「君は美人だね。護衛は任せて！」

ニコニコと笑う男の肩を将軍が叩く。

「シャルは男だ。そっちは聖人リオ」

男が大きな声を出した。

「ええー！　こんなにかわいいのに、そんなに美人なのに、お、お、お、男の娘！　ってか、え？　嘘だろ？　嘘だよな？　男を護衛しなくちゃならないなんて、将軍……ひどい」

なんか、この人大丈夫なんだろうか？

「いや、お前にだけは女の子の護衛は一生させるつもりはないから」

「ひ、ひどいっ」

シャルがひどい目で将軍を見ている。よくもおかしなやつを選んだなという目だ。

「腕っぷしは確かだ。精鋭中の精鋭。特殊任務に少数精鋭で当たってもらうことが多い。イーグル隊だ」

シャルがふぅと小さくため息を吐いた。

「文句を言う時間もおしい。もういいや。イーグル隊の人、僕の手を握ってくれる？」

長髪の男が頬を染めた。

「え？　まさか、男の娘からお誘いが……どうする、俺、可愛ければ男で……ぐふぅ」

長髪の隣の男が腹パンチを入れた。後ろに並んでいるイーグル隊のメンバーが笑いをこらえている。

「ほら、隊長。行きますよ。シャルということは、S級荷運人、転移スキル持ちのシャル殿ですね？　体に触れれば一緒に転移されるということで、間違ってませんね？」

え？　長髪の男がイーグル隊の隊長？

混乱している私をよそに、イーグル隊の皆さんは、てきぱきとシャルの周りに集まって、手を伸ばしてシャルの体に触れた。私は正面から抱き着く。いえ、周りに人が密集していた関係で他にスペースが無くて押しつぶされているだけなんですけどね！

飛んでゴドリアのギルドに戻ってきた。

「シャル殿、言われたとおり今集められるだけの戦力を集めました。そちらの兵は？」

「ああ、王都から連れてきた。変態っぽいけど、腕は確からしい」

シャル、変態って。イーグル隊の隊長が……ちょっと喜んでる。

「イーグル隊隊長のイーグルです。人数は二十名ですが、A級冒険者二十名以上の実力は出せるはずです。場合によっては我らのみで単独行動もしますが、基本は作戦の指示に従います。いったいどんな作戦ですか？」

ギルド長がイーグルさんの手を握って握手を交わしたのち、シャルを見た。

「作戦は、シャル殿が」

シャルが、ダイガをはじめ赤鬼から主要メンバーをおびき寄せる話をイーグル隊とギルドの派遣チームのまとめ役を集めて説明する。

「まずは、鬼に見つからないように隠れていて。この場に鬼のリーダーたちを連れてくる。油断させたところで合図を送るから倒してほしい」

シャルの言葉にハッとして思い出したことを口にする。隠れるって言っても……。

「鬼は鼻が利くと言ってた」

だから女の格好をしても男だとばれるって。あれ？　シャルも男だとバレてたのかな？　まぁいいか。男でも女の姿をしていれば構わないっていうタイプもいるみたいだし。

ちらりとイーグルさんを見る。

「なるほど。街にいれば人間だらけだから匂いがしていても当たり前だが、山の中にたくさんの人の匂いがあれば待ち伏せに気づかれるか。ただ隠れているだけじゃだめだな。風向きに気を付け……別の何か強い匂いで誤魔化すか」

「お酒は？　お酒で鼻を鈍らせるのは？」

鬼が酒に酔うのはすでに分かっている。

「そりゃいい。すぐに酒の手配……と。料理もいるか」

「匂いのきつい料理を用意するか」

すぐにギルドの職員さんが食べ物と酒の手配を始めた。

「しかし、街にもある程度の戦力を残しておかなければ、残っている鬼から住民を守れないぞ。追加でやってくる応援が到着するのはまだ先だが、どうする。明日までにはある程度の人数が到着すると連絡は受けている。決行を明日にするか？」

シャルが首を横に振った。

「もう一時間半後には鬼の移動を開始する。その前にドラゴンの下に潜伏しておいてよ」

シャルの言葉にギルド長が唸る。

「そんなに早く？　だが、街の警護は……」

シャルがニヤリと笑った。

「幸い、鬼は広場周辺の建物の中に集まってるでしょ？　住民を広場から逃がせばいい」

「いや、それができればとっくにやってる」

ギルド長が言うのも確かだ。

「指令役を全部引き離すんだ。下っ端の鬼は逃げ出した住民を見てどうすると思う？　すぐに行動開始すると思う？」

シャルの言葉にイーグルが答えた。

「命じられて行動することに慣れていれば、慣れているほど、思考停止して指示されていないことはしないな」

そういうものなの？　イーグルさんの言葉にギルド長が反対の意見を述べる。

「だが、我ら冒険者は指示を待って何もしないでいればモンスターに殺されてしまう。指示など待たずに行動を起こすぞ」

イーグルさんが言葉に詰まった。鬼は、訓練された騎士や兵と同じタイプなのか、自分の命を守ることを第一に行動する冒険者タイプなのか。少し建物の中で赤鬼同士のやり取りを見ただけだけど……冒険者タイプのように思えるんだよね。

「じゃあさ、もし、逃げる住民を捕まえる行動がとりにくい何かがあればどう？　例えば自分の命も危険なのに、命令もなくわざわざ住民を捕まえるために行動を起こすかな？」

シャルが何を言いたいのか分からない。けれど、ギルド長とイーグルさんには分かったようだ。

「目に見える罠を張るということか？　例えば火魔法で攻撃するぞと大量の人間を一列に並べてみるとか」

イーグルさんの言葉にギルド長がうむと頷く。

「だが、人が足りない。……火魔法スキル持ちじゃない者にも、ローブを着せて並べるか？」

ギルド長の言葉にイーグルさんが渋い顔をした。

「ばれた時に逆に相手を調子づかせるぞ？」

うむむとギルド長が言葉を失う。

「あのさー、難しい作戦なんていらないから。ギルドや街の警邏は、ことが起きたら広場にいる人に逃げろと言うだけでいいよ。そうだね、ギルドの建物の裏に訓練用の広場あるでしょ？　あそこにでもとりあえず避難させてよ。ちょっと狭いだろうけど」

シャルの言葉にイーグルさんが息を吐きだす。

「一番それはやっては駄目なことだ。「逃げろ」という叫び声を聞けば、指示なんてなくても反射的に「逃がすな」と対応されるぞ？」

シャルがイーグルさんの子供を諭すような口調に挑戦的な目を向ける。

「だから、さっきも言ったよね？　鬼だって、人間に構っていられる場合じゃない、逃げなきゃいけない状況だったら？」

ギルド長があっと声を上げる。

「シェリーヌの魔法か！　広場の上空に巨大な火魔法が発動されているのを見れば、鬼も人間も関係なく広場から逃げ出すか」

「広場の周りの建物、壊れても構わない？」

シャルの言葉に、ギルド長がうっと一瞬言葉に詰まる。

「建物は建て直せばいい。人の命は失われたらそれで終わりだ」

イーグルさんがギルド長の肩を叩(たた)いた。

「待ってくれ、シェリーヌの魔法じゃ教会だけではすまないだろう……もう少し控えめな火魔法スキル持ちをすぐに手配しようにも……」

イーグルがシャルを見た。

「転移魔法で連れてくるのか？」

シャルがニッと笑う。

「僕は連れてこないよ。リオが連れてきてくれる」

は？　私？　どうやって連れてくるの？

「建物は壊してもいいって話、聞いたよね？　だったら、遠慮することないでしょ？」

はい？

「ドラゴンにはさ、上空を飛んでもらって目印になって貰(もら)わないといけない。あとの二体は街を襲わせてよ」

「あ！　フェンリルさんと巨大ゴーレムさんに来てもらうんだね！」

「そう。冒険者や兵たちは敵じゃないって周知させて、住民には知らせないでおけば、本当に襲われていると思って必死に逃げるよね。広場から住民が逃げ出しても、不自然さはないでしょ？」

イーグルさんが頭をポリポリとかいてからシャルの肩をポンッと叩いた。

「参った。すまん、正直子供だと侮っていた……。確かに、それならうまく行きそうだ。突然広場の人たちが逃げ出しても、鬼から逃れるために逃げ出したとは思われないだろう。さらに、自分たちも逃げ出さないと駄目な状況で、住民を捕まえたり攻撃したりする余裕があるとも思えないな。ギルド長もそれでいいか？」

ギルド長が頷く。

「時間がないんだったな。待ち伏せ隊はすぐに編成して出発、イーグル殿に指揮を任せてもいいか？」

「ああ」

「残った者たちも作戦のすり合わせ。逃走経路を確保。広場からギルドの建物までを鬼に襲われずに安全に移動できるように人員配置も考えないとな。不審がられないように秘密裏にすべてをこなしていかねばならない」

てきぱきとみんな動き出した。よし、私も！

シャルに頼んでドラゴンさんのところに飛んでもらう。

「ドラゴンさん、ゴーレムさん、フェンリルさん、手伝ってもらいたいことがあるの」

シャルの立てた作戦を伝え、ドラゴンさんは山の上空を旋回してもらう。

ゴーレムさんとフェンリルさんは街の近くで待機して、合図の後に街に突入してとお願いする。ゴーレムさんとフェンリルさんに広場ともう一つの避難場所で人々と鬼たちを恐怖に陥れる。補足で、わざと鬼の潜伏する建物を派手に壊してとシャルが指示していた。

ギルド長の涙目の顔が思い浮かんだけど、シャルがそうしてほしいというのならそうするべきなんだろう。なるべく壊さないようにねって私ならお願いしてしまいそうだけど。

鬼と約束をした建物に戻ると、シャルは片付けられて何もなくなった部屋の床に炭で大きな円を描き始めた。それから、何やら謎の模様を。

あ、これ、似たの見たことある。

「転移魔法陣？　シャル、スキルレベルが上がって転移魔法陣が作れるようになったの？」

シャルは地面に魔法陣を描きながら私の質問に答える。

「まさか。スキルが上がっても、使える回数と運べる容量が増えてくけど、転移魔法陣が作れるような便利なことはできないよ」

「え？　じゃあ、なんで魔法陣を？」

シャルは書き終えると、炭を部屋の隅に転がして立ち上がる。

「これは、はったり。僕がたくさんの鬼を一度に運べるって知られたらどうなると思う？」

え？

「利用されるか始末されるかどっちかでしょ。もちろんそのどちらも転移して逃げちゃうから無理だけど」

シャルが炭で黒くなった手を収納鞄から取り出した布でぬぐう。

「――なんて、自信満々にはもう言えないからね」

シャルが自嘲気味に笑う。

「変なもん食べさせられて操られたこともあるし、自分の力を過信しすぎて死にかけたし」

シャルが息をしていないあの時を思い出して心臓がぎゅっとなる。

はぁはぁと呼吸が乱れそうになったところで、シャルが私の両手を取り、ぎゅっと握った。

あの時の恐怖心が収まり呼吸も安定する。

「それに、リオも失いかけた……」

シャルが私の手を優しくなでる。

「もう、二度と驕ったりしない。自分の力を過信しない。油断も怠慢も。危険を回避するために全力を尽くす。用心する。対策する。準備する。できることは全部」

シャルが私の目を見る。

「僕は前に、戦わないって言ったよね。逃げるだけだって」

確かに言った。私が無謀にも刀を持って訓練しようとしたときに。

「間違いだって気が付いたんだ。もちろん戦わないけど。逃げればいいじゃなくて、逃げなくてもいい状態が作れるなら作るべきだって。逃げるのはその次」

「戦わなくても、逃げなくてもいい状態……？」

首をかしげる。

「リオが首をかしげてどうするの。ダンジョンならリオがそういうの得意でしょ？　出現するモンスターやモンスターの動きの特徴なんかを調べて覚えて、遭遇しないようにするとか。逆に必要なら出現しやすい場所に向かうとかさ」

……あ。

「ボクは本当に弱いから……」

強いモンスターはなるべく出会わないようにしたりしてただけで。

「自分の弱さを認めるって大事なことだって。リオが教えてくれたって分かってる？」

「自分の弱さを認める……？」

「まぁ、どうせ自分は駄目だ弱いんだってうじうじしてるだけなら意味ないけど。弱いから頑張ろうって。できることを増やしていこうって。そうしているうちに、有用スキルを持っていても努力しない人間を、追い越せちゃうんだって……リオが教えてくれた。弱さを認めることが強くなることだって」

シャル、私はそんな立派なこと考えてないよ。

クズスキルしかないから、スキル以外のことで何とか役に立とうと思っただけで。でも……。

「シャルに褒められるの嬉しい。すごく嬉しい！」

誰かに褒めてもらえるのは嬉しい。けれど、シャルに褒められると胸の奥がぽわんと温かくなって嬉しさがもっと体中に広がるみたいに感じる。

まだまだ、私、いくらでも頑張れるって気持ちになる。

「そんなに嬉しいなら、いくらだって褒めるよ？　リオはかわいい。綺麗な目をしてる。リオアの花の青い目も、黒曜石のように光り輝く目も。綺麗だ」

シャルの手が私の頬に添えられ、顔を覗き込まれる。

息がかかるほどの近い位置から、綺麗なシャルの顔が私を見ている。

まるで、恋人に囁きかけるような言葉をシャルがいきなりいうものだから。綺麗だなんて……！　シャルのほうがよっぽど綺麗だよって思っていても、言葉が出てこない。心臓がどくどくとうるさくて。

あれ？　どうしちゃったんだろう私……。

嬉しいを通り越して、シャルに褒められるの恥ずかしいかもしれないっ！

ガタガタと建物の入り口が騒がしくなった。

「あ、来たのかな。リオ、後でもっとたくさん褒めてあげる」

シャルがつんっと私の鼻を突いた。

「も、もういいよ。十分だからっ！」

ドアが開いて、フードをかぶった鬼が三十人ほど入ってきた。

ダイガの姿もある。

『ぎょふ』【まずは北側の建物から集めた】

「じゃあ、魔法陣の上に載ってくれる？　移動するから。あ、まず先行して二十人」

『ぎょふ？』【魔法陣？　いつの間に？　この地面の絵か？　奇妙なものだが、陰陽師が使う護符みたいなものか？】

陰陽師？　護符？

【魔法陣：魔力ではなく妖力、道力、呪力などと呼ばれる力で、不思議な現象を起こす陰陽師が用いた呪符のようなもの】　あらま。親切に説明が……。それを元に鬼に説明する。

「そうです。この世界では魔法……火魔法など人が放つ魔法だけでなく、アイテムが魔法を発動することもあり、また魔力を通すと魔法が発動するこのような魔法陣があります」

この魔法陣は偽物だけどね。

「そういうこと。鬼には魔力が無いでしょ。ワタシが魔力を分けてあげるから、さっさと魔法陣に乗って腕をつかんでくれる？」

シャルが偽物魔法陣の中央に立つ。私もシャルのすぐ隣に立った。

『ぎょぶぶ』【お前たちから行け】

ダイガに命じられて、前方にいた十体ほどの鬼が動いた。他の鬼は動こうとしない。

『ぎょふ』【大丈夫なんですかね、ダイガ様……いったいこの魔法陣は何なのでしょう。罠かもしれません】

気の弱そうな赤鬼が口を開いた。ギクリと背中が固くなる。

「罠かどうかなんてすぐに分かるよ。罠じゃないと確かめて戻ってくる鬼がいればいいんだろ？　疑り深いあんたがその役割をすればいい。時間がないんださっさとしてくれる？」

シャルの言葉に、ダイガに押されて残りの十人が選ばれた。

二十人の鬼がシャルの腕をつかんだところで、シャルはとんだ。窓の向こうに見える、ドラゴンが飛んでいる場所の下にある、木の影に。

『ぎょふっ』【どういうことだ？　ここは何処（どこ）だ？】

ドラゴンさんには上空のかなり高いところを飛んでもらっている。脅威に感じて鬼たちが騒ぎ出すといけないからだ。

「隠れ家みたいな場所？　ああ、そこにある酒や食料は好きに飲み食いしててくれていいから。じゃあ、次の人を連れてくる。……と、その前に」

シャルが先ほど罠じゃないかと声を上げた気の弱そうな鬼に声をかけた。

「疑り深いお前、毒が入ってるんじゃないかと思ってる？　だったら食べてみたらいいよ」

シャルが話しかける。が、鬼は微動だにしない。

「あ、そうだ。もしかして、これがないと食べにくいのかも？」

収納袋の中から黒塗りの箸（はし）を取り出す。酒呑童子（しゅてんどうじ）や頼子（よりこ）さんたち鬼が器用に二本の棒……箸で食事をしていた。

『ぎょふぎょ』【これは……箸？　どうして箸を持っている】

「どうしてって……もらったから」

頼子さんに。箸の使い方を教えてあげると言われて。

「でも、なかなか上手く使えなくて……」

教えてもらったように箸を右手に持つ。上の箸を動かして、下の箸はそのままで……料理をつまみ上げ……って、どうしてもうまくできない。不器用に箸を動かしていると、気弱な鬼が私の手から箸を取り上げた。

『ぎょふふ』【疑って悪かった……酒呑童子様の使いというのは本当のことなのだな】

え？　なんで突然信じることにしたの？

『ぎょふ』【箸の正しい持ち方にこだわるのは我ら故郷の者の証……。見よう見まねでは正しい持ち方などできるはずもない。酒呑童子様の元で誰かに教えてもらったのだろう。まぁしょせんはお貴族たちの遊びだがな。お腹いっぱい美味しく食べられれば箸などどうでもいい】

【赤鬼：仏教における煩悩の一つ、貪欲の象徴。必要以上にいろいろな物を欲し続ける。欲望が強く、得ても満足することができずに渇望し続ける】

疑り深い赤鬼に新たに文字が見える。

ああ。やっぱり餓鬼さんと一緒なの？　赤鬼も……元は人間。餓鬼さんは食べ物が無くて飢えて亡くなって鬼になった。

頼子さんは子供を失い鬼となった。赤鬼は欲深くて鬼になったたっていうこと？

ぐっと奥歯をかみしめる。解放されると、輪廻の輪に戻れると嬉しそうだった頼子さんや、幸せそうな顔をした朧車さん。それからお礼を言いながら消えていく餓鬼さんたちの姿を思い出す。

大丈夫。だましてるけど。罠にはめようとしてるけど。

赤鬼たちを……倒そうとしてるけど。救うことでもある。そうでしょう、頼子さん……。

会話できて、人と同じように意思疎通ができる相手だと思うと、複雑な心境だ。

シャルにも心配された。覚悟はあるのかと。

鬼たちは人間の敵なのだ。人間を殺そうとしている。もしかしたら分かりあえて共存できるかもなんて考えるべきじゃない。

頼子さんも言っていた。「あらがえない衝動が起きる」と。

「じゃ、罠じゃないって分かったんなら戻るよ。時間がもったいない。さっさとアイテムを配って、ファントル領に移動してもらわないといけないいからね」

シャルが一拍置いて弱気な鬼を見た。

「遅くなれば、酒呑童子様にどんなお仕置きをされるか……」

怯えたふりをシャルがすると、赤鬼が悪かったという顔をする。人間みたいな反応にむずっとする。シャルは鬼の手に黒い石を握らせ手首をつかむ。

「それ、携帯型魔法陣。あんた一人だからそれで充分でしょ」

って、シャルの持ってた石って、その辺に落ちてるただの石……。だけど赤鬼は素直に信じたようだ。

それからは順調に魔法陣と山を往復して、主要な鬼……合計一五八人を運んだ。

全て運び終えるのに、一時間ほどかかったため、はじめに運んだ鬼たちはすでにべろんべろんに酔っぱらっていた。最後に連れてきた鬼は「うおー、ずるい！　こんなことなら一番先に運んでもらえばよかった！」と遅れをとりもどすように酒を飲み始めた。

一口も口をつけていない鬼の姿もある。罠なのではないかと用心されている？

酒に酔ったところを桃太郎に倒されたと本に書いてあった。……鬼たちもその話を知っている可能性がある。信じさせるにはどうすればいいのか。遠慮せずに飲んでと言う？　いや。違う。

「あまり飲みすぎないようにしなさい」

逆に止めたほうがいい。手の平にジワリと汗をかく。

「酔って人間に倒された鬼の話を聞いたことがありますわ」

酒に口をつけなかった太った鬼が不審げな目を向ける。

『ぎょふ』【ではなぜ酒を用意した。罠じゃなければ何だというんだ】

料理や酒の匂いで回りに潜む人間の匂いを紛らわせるためだけど……。何か言い訳、言い訳。

用心深い鬼……箸の持ち方の話で信用してくれた鬼が、太った鬼の背中をたたいた。
『ぎょふふふ』【ここに集められた理由を聞いただろう？　貴重なアイテムを手渡す相手を選ぶと……つまりは、そういうことだろう】
どういうこと？　首を傾げそうになるけれど、正解よ？　という顔をして微笑み続ける。
『ぎょ……ふ』【なるほど、酒に飲まれるやつにはアイテムを持つ資格はないということか……これはテストか】
なるほど。見渡すと、すっかり酔っぱらって寝てしまっている鬼すらいる。人に絡んでいる鬼や目が座っている鬼……酔っぱらった姿は人間と変わらない。そういえば、赤鬼は貪欲の鬼だと。欲望が強いのだろう。目の前に酒があり飲みたいと思えばその欲に逆らうのは大変……ということなのかな。
『ぎょぶっ！』【ははは、ではテストに俺は合格だろうっ。酒など水のようなものだ！】
かなり早くに転移させて酒を浴びるほど飲んでいたはずのダイガがジョッキの酒をぐびぐびと飲みながら立ち上がった。
なるほど。酒に強いというのも、もしかするとリーダーの資質の一つなんだろうか？　……そういえば酒呑童子も酒には随分強かった。強い酒を必死に飲ませたんだ。
一つ探りを入れてみるか。
「あら、ダイガは随分酒に強いのですわね？　でも酒呑童子様ほどではありませんわよね？

酒呑童子様ほどの酒豪はいませんでしょう」

『ぎょふ』【いや、四天王でよく飲み比べをしていたが、一番強いのは羅刹様だろう。その次が茨木童子様じゃないか？】

『ぎょふぅ』【酒呑童子様はみっともなく酔っぱらう前に撤退していたからなぁ。あと夜叉様は酒は全く口にしてなかったから誰が一番なのかはわからんぞ】

『ぎょふふ』【いや、一番は閻鬼大魔王様で間違いないだろう。琵琶湖の水が全部酒でも飲み干せるだろうよ】

琵琶湖？

『ぎょふ』【違いない。一番は閻鬼大魔王様だ！】

やはり強い鬼は簡単に酒で酔わせられないのか。一番強い閻鬼大魔王は酒で力をそぐことはできないと思った方がよさそう。

あまりうれしくない情報だけれど、知ることができてよかった。作戦を立てる参考になるだろう。鬼ヶ島だっけ……。そこにいる鬼を倒す作戦……。

「そろそろだ」

シャルが私の耳元でささやく。皆の準備が整ったってことだね。

周りを上位冒険者とイーグル隊が取り囲み鬼たちの逃げ場をふさぎ終わった。あとはこちらから合図を出せば、一斉に鬼たちを倒す。私とシャルは上空のドラゴンさんの背中に退避。

それから、街は避難所に巨大ゴーレムさんとフェンリルさんが現れ、住民と鬼を恐怖に陥れる。ある程度建物の破壊も容認してもらっているため、恐怖を植え付けるために鬼が潜んでいる建物の一つ二つは巨大ゴーレムさんに踏み潰してもらうことになっている。石造りの建物だろうが問題なく壊せるんだって。巨大ゴーレムさん強い！

収納袋から、宝箱を一つ取り出す。

「では、アイテムを紹介しながらお渡ししましょう。まずは一つ目のこれです」

宝箱を開いて、こぶしほどの大きさの石を取り出す。

「この石は魔法が使えなくても呪文を唱えれば魔法が使える石ですわ」

『ぎょふ』【おお！　どんな魔法が使えるんだ？】

『ぎょふふ』【どうやって使うんだ？】

鬼たちが興奮気味に石に食いついている。

「では、使って見せましょう。【光柱】」

呪文を唱えると、石から黄色い光の柱が空に向かって伸びた。

ダンジョンや室内で使えば、光の柱は天井に当たって光を拡散させ、室内を明るく照らす。照明に使える石だ。屋外では、天井がないため、空高くにまっすぐ伸びるだけ。

ただ、それだけだけれど、光の柱は遠くからでもよく見える。

「合図だ」と、きっと誰かが口にしていることだろう。

光柱を合図に行動を開始する。シャルが私の手をとり上空に待機していたドラゴンの背に飛ぶ。周りに隠れていたイーグル隊と冒険者が一斉に赤鬼たちに襲い掛かった。

酒に酔って動きが鈍くなっている鬼たち、油断して武器を手放していた鬼たちを冒険者たちはあっという間に始末していった。

『ぎょふふ』【どういうことだ？　何故人間がっ！】

『ぎょふ』【待ち伏せされていたのか？】

混乱しつつも、状況に気が付いて動ける鬼たちが体制を整える。

ダイガを含め、体格のよい鬼が百体は残っただろうか。一方イーグル隊と冒険者は五十名ほど。

人数に差はあるが、大丈夫。

ドラゴンを目印に進んでくる応援の兵士の姿が見える。合流するまで持ちこたえることはできるだろう。

「こっちは大丈夫そうだね。街の様子を見てくる。何かあったら腕輪で連絡して。ドラゴンの背から降りないでよ？」

シャルが街に向かって飛んだ。ドラゴンの背から戦況を確認する。

鬼が攻撃を仕掛けようとしても、イーグル隊が火魔法で牽制(けんせい)している。応援が到着するまではこの場にとどめることに尽力し、無理に攻めたりはしないらしい。

かといって、ただにらみ合うわけでもない。隙をついて火属性魔法の矢を射るなどして少しずつ鬼の数を減らしている。

そうして、五分。ついに応援の第一陣の十名が到着。思ったよりも早い。あ、あのふんどし姿は……！　俊足スキル持ちも協力しているんだ。

少し離れて応援の第二陣の姿が見える。合流すれば人数的には互角になる。だけれど、戦力的にはこちらが圧倒的だろう。A級冒険者もいる。それに匹敵するほどの強さのイーグル隊メンバーもいる。赤鬼よりもはるかに強い者が多いのだ。

応援もそれなりの実力者だよね？　と、視線を落とす。

「あの姿は、サージスさん？」

慌てて腕輪に触れる。

『サージスさんも応援に来てくれたんですか？』

『ん？　ああ。ちょうど人集めしてるとこにいたからな』

そっか。そっかそっか。楽勝だ。サージスさんも加わるなら負けるはずない！

サージスさんが刀を抜き、ダイガの元へと走った。すぐにこの中で一番強い鬼が誰か気が付いたのだろうか？

刀を振ると、あっという間にダイガの右腕が落とされる。

いざとなったら私も上空から【まきびし：忍具】でも投げつけて加勢しようと思っていたの

が馬鹿みたいに、あっけなく決着がつきそうだ。ほっと息を吐きだす。

ああ、そうだ。もう必要ないよね。

羽織っていた着物を脱いで収納鞄（かばん）に押し込む。ナイフを取り出して、長く伸びた髪をいつもくらいの長さに切った。

「うわっ、な、何？」

ドラゴンさんが急上昇したため、慌てて背中にしがみつく。手にしていた髪は空に散らばった。髪を切ったナイフもそのまま落としてしまう。

『ガガガ』【何かきたぞ】

何か来た？　どこから？

ものすごい速さで北側から火の玉のようなものが近づいてきた。ドラゴンさんのいる高い空の上じゃなくて、もっと地面に近い高さを飛んで、サージスさんたちが戦っている場所に向かっている。味方？　敵？　スキルジャパニーズアイで文字が見えた。

【輪入道：妖怪（ようかい）・炎に包まれた牛車（ぎっしゃ）の車輪の中央に男の顔がついている・人の魂を抜く】

人の魂を抜く？　鬼？　ううん、妖怪って……。

火の玉に見えたのは、炎を上げた車輪ということか。

かなり近づいたところで、輪入道の姿が見えて、息をのむ。

輪入道は鎖を口にくわえていた。その鎖には、荷台が取り付けられていて……そこに人の姿によく似た鬼が立っていたのだ。

【茨木童子】

嘘だ。鬼ヶ島にいるからすぐには来られないって言っていたのに！

「馬鹿が！　まんまと人間どもにだまされおって！」

茨木童子は輪入道の引く荷台から飛び降りると、太くて長い刀を真横に降った。すると、剣圧なのか、魔法のような力があるのか。周りにいた敵も味方もまとめて二十名ほどがバタバタと倒れた。

『ぎょふっ』【い、茨木童子様っ！】

片腕を失ったダイガが助けが来たとばかりに、茨木童子の前に走り出た。

「笑止！」

茨木童子が無情にも刀を振ってダイガの首を落とす。

「酒呑童子は死んだ。使いの者など来るはずがないっ！　おかしな話だと思って急いで来てみれば……なんだ、これはいったい！」

もしかして空を飛んでこられる輪入道に乗ってきたから、何日もかかるはずの場所にすぐに来れたっていうこと？　ドラゴンさんに乗れば早く着くのと同じように。

きっと、あの後すぐに茨木童子に誰かが連絡したんだ。何らかの連絡手段で。

ダイガが命じなくても、自己判断で行動を起こした鬼がいるということだろう。用心深い鬼もいた。頭が回る鬼もいた。疑り深い鬼もいた。そして、鬼同士反目し合ってもいた。決して一枚岩というようには見えなかった。

『サージスさん、茨木童子……酒呑童子や羅刹たちと並んで四天王と呼ばれる強い鬼です』

情報を茨木童子の前に立つサージスさんに伝える。

『なるほど。俺の獲物ってわけだな。他の鬼は頼んだぞ』

サージスさんが周りの皆に他の鬼の相手を任せ、刀を握りなおす。

茨木童子が余裕を見せる。

「くくくっ」

笑い出した茨木童子にサージスさんが尋ねる。

「何がおかしい！」

「だって、おかしいだろ？　まるでこの私に勝つつもりの目をしているなんて」

「いや、つもりじゃない。勝つ！」

「くくくっ。愚かだ。人間とはなんと愚かな。この私に勝てるわけがあるまい。すぐにその目は絶望に変わるさ。いや、変わる前に死んでしまうだろうがな」

茨木童子の馬鹿にした言葉が終わる前に、サージスさんは地面をけり、茨木童子に刀を振り下ろす。

「輪入道」

輪入道が、茨木童子の声にサージスさんの刀の前に出て盾となった。サージスさんの刀は輪入道の車輪に弾かれる。

驚いて、動きが止まってしまった私とは対象的に、サージスさんはすぐに次の攻撃に移っていた。右から左から次々に刀を繰り出すけれど、どれも輪入道が受け止めてしまう。

どうして。なぜ、盾になれるの？

「なんだ、こいつには刀じゃ駄目なのか？」

サージスさんが後ろに飛びのいて、体勢を整えようとする。

武器を代えるべきか考えているのだろうか。

「くくくっ。お前たちは火属性のある武器で鬼が倒せると知り、必死に火属性の武器や火で鍛え上げられた刀を集めたようだが、残念だったな」

酒呑童子は火属性魔法耐性アイテムを集めて対策していた。羅刹は人を操り逆らえないようにしていたし……。茨木童子が何の対策も練ってないわけがなかった。

「輪入道は見ての通り炎に包まれている。その炎がある限り、火属性魔魔法など炎で打ち消してやるわ！　刀も効かぬ！」

サージスさんがそれを聞いて笑った。

「なるほど、いいことを聞いた。お前の運もここで尽きたな」

ちょっとなんでそんな余裕のある言葉が出るの？

サージスさんが両手で刀を持ち、空に突き上げる。

「雨よ、輪入道に目の前のものが見えなくなるほどの激しい雨をくらわせろ！」

お！　おおお！　それがあった！　サージスさんのスキルは雨ごい！

ざーっと集中的に輪入道に激しい雨が降りだした。雨というよりは水の柱。

【どうにも最近は干ばつ以外で雨を降らせてばかりじゃな】

目の前に竜神様の顔があった。大きなお顔に長い髭。髭がうねうねとしている。

【しかし、坊主はもしかして輪入道の炎を消すつもりか？　じゃが消えぬぞ？】

え？　消えぬ？

雨が止むと、輪入道が水柱の中から姿を現す。

炎は雨の勢いで小さくなっていたものの雨が止んだとたんに元の勢いを取り戻した。

「むっ、まだ足りなかったか！　雨よ」

サージスさんが再び刀を突きあげる。

「愚かだな。愚かだ。消えぬわ。その炎はただの火ではない。水などで消えるような火ではない。死人の魂の炎よ！」

茨木童子がサージスさんを笑い飛ばす。サージスさんが言葉に詰まった。

「死人の魂の炎？」

【輪入道：妖怪・炎に包まれた牛車の車輪の中央に男の顔がついている・人の魂を抜く】

「輪入道は、人の魂を抜く鬼……いえ、妖怪って……」

つぶやきを漏らすと竜神様が髭を揺らした。

【そうじゃ。魂を抜かれた人間は死ぬ。じゃから死者の魂の炎と言っておるのじゃろう。つまりは人魂じゃな。人魂を車輪に無数にまとっておるんじゃ。人魂は水では消えぬ】

そんな。

「竜神様の、神様の雨でも駄目なんですか？」

【我は雨を降らすことはできるが、しょせんはただの水じゃ。むしろ、降らせる雨が特別な力を持っておったら容易に降らせるわけにはいかなくなってしまうじゃろう】

「何か方法はないんですか？」

サージスさんは輪入道の炎を消すのをあきらめたようで、再び刀を握りなおして茨木童子に切りかかろうとする。

ものすごいスピードで斬りつけていくけれど、輪入道があっさりと防いでしまう。

無理だと思った時、赤鬼たちを倒して手が空いたイーグル隊の者がサージスさんと反対側から茨木童子へ攻撃を始めた。サージスさんが輪入道を引き付けている間に、他の皆が茨木童子を倒せばいいと思ったのはほんの一瞬。

とても、茨木童子の強さと張り合える者は一人もいなかった。

何人もが束になってかかっていってもすぐに返り討ちにされてしまう。

もちろん、即死でなければ千年草を口に含んだ人たちは死にはしない。

倒れても倒れても、イーグル隊の皆は茨木童子に向かっていく。

どれくらいそうしていただろう。千年草で傷は治っても失った血はすぐには戻らないし、疲労はたまっていく。

避難所の作戦の様子を確認に行ったシャルに連絡する。

『シャル、こちら戦力不足……誰か連れてきて。サージスさんレベルの実力者を』

『は？　何が起きてるの？　って、説明はいい。分かった。誰か連れてくる』

シャルが応援を連れてきてくれるまで、もつのだろうか……。不安で胸がぎしぎしする。

そうだ、ドラゴンさんなら。

「ドラゴンさんは？　その牙で輪入道をなんとかできない？」

ドラゴンさんがうーんとうなる。

『ガガ……』【おりぇの牙も刀みたいなもんだったはず】

竜神様がくるくると長い体を渦巻いた。蛇が体を休めるときのような恰好だ。

【そうじゃなぁ、死者の魂といえば、成仏させれば炎も消えるんじゃないかのぉ】

「成仏？　どうすればいいんですか？」

【線香をあげて、手を合わせ、経でも詠んでやれば成仏するじゃろう】

線香？　手を合わせるって戦うってこと？　手合わせするっていうし？

「経って？」

【ほれ、我は神じゃからなぁ神社じゃ柏手はしても経を上げるようなことはないから詳しくはないんじゃ……なんじゃったか、南無阿弥陀仏だとか南無妙法蓮華経だとか……】

全然意味が分からない。分からないけれど、見た。見たよ。

違うかもしれない、でも！　収納鞄(かばん)から取り出して回す。

【観自在……深般若(はんにゃ)波羅……照……切苦厄……是空……知般若波羅……大明呪……上呪……能除一切苦……不虚……】

【おや】

竜神様にも光る文字が見えているのだろうか。人にも鬼にも見えないのに。

小さなメイスのような形の【マニ車】を回すと文字がキラキラと出ていき、そして輪入道へと伸びていく。

光の文字は、輪入道の車輪の炎をくるくると包み込んでいき、炎はふわっと消えていった。

「どういうことだ！　なぜ炎が消えていく？」

茨木童子が驚いて声を上げた。

「サージスさん、今です！」

【マニ車】を回し続けながらサージスさんに声をかけた。

「お前か！　何をした！」

茨木童子が私を睨みつけた。

怖い。だけど、空高くいる私に茨木童子はどうすることもできないだろう。

【マニ車】を回し続けると、輪入道の炎を消し去った文字は今度は茨木童子に伸びていく。

「そりゃぁ！」

サージスさんがすっかりただの車輪と化した輪入道を簡単に切り捨て、そして茨木童子と対面した。

「なんだ、体が重い、思うように動かぬ」

茨木童子の周りに光る文字が何重にも巻き付いている。

赤鬼には効果がなかったけど、茨木童子には効いている！

「まったく、どいつもこいつもお馬鹿さんねぇ。同じ四天王だというのも恥ずかしいわ」

突然背後から声が聞こえて背筋が冷たくなる。なんで？　ここはドラゴンの背で、空の上。

恐る恐る振り返ると、目の前に文字が飛び込んできた。見たくなかった文字。

【夜叉】

「や……夜叉……四天王の一人……鬼……」

文字の後ろには、涼やかな顔で笑う女性とも男性ともつかない中性的な人の姿があった。いや。頭に立派な角が生えているから鬼だ。

額中央で二つに分けた黒髪は肩より少し上で切りそろえられている。

どうしよう、逃げなくちゃ……どうやって？

シャルに連絡を。腕輪の石に触れようとした手をつかまれた。

「面白いね。私のことを知っているの。人間なのに、なんで？　赤鬼たちの言葉も分かっていたでしょう？　本当に不思議な子。興味が湧いたわ」

どうしよう。どうしたら……。

「殺しちゃうのは簡単だから、連れて帰っていろいろ人間のこと教えて貰おうかしらね？」

ふふふと笑うと、私の手から【マニ車】を取り上げた。

「その前に、この物騒な物はぽいよ」

夜叉が【マニ車】を放り投げた。

「あっ！」

落下していく【マニ車】からキラキラとした文字は出なくなった。

そして、茨木童子の身が自由になる。途端に動きが早くなり、両手に刀を持つとサージスさんの刀を片方で受け止め、もう片方で斬りつける。サージスさんが何とかその動きに反応して避けた。

どうなっちゃうのっ！　大丈夫だよね？　サージスさん、茨木童子に負けたりしないよね？

「やだわ、人の心配より、自分の身を案じなさいよ」

サージスさんたちの様子を見ていたら、ぐいっと襟首をつかまれた。

それから無理やり顔の方向を変えられ、夜叉の方を向かされる。

「っていうより、夜叉様を無視するなんていい度胸してるわよね？」

顎をつかまれてギリギリと閉められる。ぱきんと変な音がした。

激しい痛みが走り、顔をゆがめる。顎の骨が砕かれたんだ。

「あら？　ごめんなさいね。痛かったわよねぇ。怒ると力の加減ができなくなっちゃうの」

少しも悪いと思ってない調子で夜叉が私の顎から手を離した。

それから、すぐにどすの聞いた声で、私をにらむ。

「覚えておくことね。これ以上痛い目を見たくなければ怒らせないで」

ものすごい圧を受け、体が動かなくなる。

顎の骨は千年草ですぐに治ったし痛みも引いた。だけれど、骨を砕かれたときの痛みを思い出して恐怖に体がすくむ。

『ガガガ』【殺気！】

ドラゴンさんが振り返って背中に乗る私と夜叉を見た。

『ガガッ』【鬼か！　主に何をする！】

ドラゴンさんが牙を見せて夜叉に嚙みつこうとする。

だけれど背中に首が十分に回せるわけではなく、ただの威嚇に終わった。

「めんどくさいわね」

夜叉が私を脇に抱えて、ドラゴンの背から飛び降りた。

落下する。嘘でしょっ！

『ガガ』【主！】

ドラゴンさんが私の落下地点で受け止めようと滑空する。

「面倒だからおまえの相手はまた今度してあげるわ」

夜叉がひゅいっと口笛を鳴らした。

突然大きな鳥が現れる。死角になっていたところに潜んでいたのか、それとも転移能力でもあるのか。黒く落ちくぼんだ目が死体を思わせる不気味な鳥だ。

【陰摩羅鬼：おんもらき・怪鳥・真っ黒な弦のような姿で、羽根を震わせて甲高く鳴く・供養されない人の死体から生じる。経文読みを怠る僧の元で生まれやすい】

何？　鳥の形をしているのに、元々は死んだ人なの？　供養？　経文？

どこかで見た単語がいろいろと出てきている。けれど、まるっきり考えがまとまらない。

夜叉は、私を脇に抱えたまま【陰摩羅鬼】の背に乗る。【陰摩羅鬼】は二人を乗せて運ぶには小さすぎるのではと思ったけれど、何処にそんな力があるのか。苦にもせず、まるで俊足スキル持ちのような素早い動きで飛んでいく。

『ガガガ！』【主！　待て！　どこへ連れて行く！　おりぇにスピードで勝てると思うなっ】

ドラゴンさんが私を追いかけてきた。

「だめ！　ドラゴンさん、来ないで！」

助けてもらいたいけど、でも今ドラゴンさんがその場を離れてしまったら……。

ドラゴンさんを目印にと進んでいる応援の冒険者や兵士たちがサージスさんたちのところへたどり着けなくなってしまう。

一刻も早く向かってもらわないと……。茨木童子は強い。サージスさんにもしものことがあったら……。

『ガガガッ』【だけど、おりぇは】

「大丈夫！　シャルには連絡が取れるし。ドラゴンさんだって、何処にいても、助けを呼べば来てくれるでしょ？」

腕輪を見せ、そしてドラゴンさんに笑って見せる。

『ガ』【そうだ。おりぇを呼べ。助けに行く】

納得してくれたようで、ドラゴンさんは元の場所……目印になるように旋回を再開した。

「あらー、助けてぇ助けてぇって泣き叫ぶと思っていたのに。ざあーんねん。突っ込んできたところを返り討ちにしてやろうと思っていたのに」

夜叉が腰に刺している刀の鍔を指先ではじいた。

ドラゴンさんはそんなに弱くない。やられるのは夜叉の方よ！　と言い返したいのをぐっとこらえる。……だって、純粋な強さでいえば確かにドラゴンさんだって負けてないと思うけれど……。私がいる。

私が人質になってる限り、ドラゴンさんは本気を出せない。足手まといになりたくない。

何処に連れて行かれるんだろう……。落ち着こう。落ち着いて……。

夜叉は「連れて帰って人間のことを教えてもらう」と言っていた。帰るということは夜叉の住処へ向かっているということだ。そして、人間の情報を私から取ろうとしている。

今のところ殺す気はないのか。怒らせたらすぐにでも殺されてしまうのか。だったら、怒らせなければいい。ご機嫌を取って、情報をつかんで。そして……チャンスを待とう。

今頃きっと、応援と合流してサージスさんは茨木童子を倒しているに違いない。

シャルたちは街の住民を無事に避難させて赤鬼を一掃したに違いない。

シェリーヌ様は鬼に効果的なアイテムをかき集めてくれているに違いないし。

将軍様は大豆のことをちゃんと伝えてくれたはずで、一年後にはたくさんの大豆が住民に配られるだろう。そうすれば色付き鬼から住民も身を守れるようになる。

ロードグリの皆……フューゴさんもアリシアさんもマイルズくんも、この数か月で驚くほどスキルの能力が上がっているし強くなっている。サージスさんだってシャルだってどんどん強くなっていく。ガルモさんもS級冒険者になっていた。それに神が宿る武器を手にしてもっと強くなる。冒険者さんたちはダンジョンで必死にアイテム集めをしてくれているし。

一日一日、どんどん強くなっていく。

だから。チャンスは来るまで、落ち着いて待つんだ。

「あら？　ずいぶん落ち着いた顔してるわね？　もっとびくつくかと思っていたのに」

夜叉がおとなしくしている私を見た。

「どこへ連れて行かれるのですか？　そこでは髪が長い方が好かれますか？　酒呑童子様は髪が長い方が好みでしたけど」

「ぷっあはははは。何、あんた酒呑童子にも攫われたことあるわけ？　そりゃ肝も据わるわね。あいつは気に入らないとすぐに人を殺したでしょう？　そりゃ殺されないように髪を伸ばそうともするわね。くくく。鬼の言葉もそのときに覚えたのかしら？」

酒呑童子よりも、私を脇に抱えている夜叉のほうが怖い。

笑っているのに、目が全然笑っていない。

「どこまで鬼の情報をつかんでるの？　人間は何を企んでいる？　全部吐いてもらう」

ごきりと骨が砕ける音がする。

ぐふっ。脇に抱える腕に力を入れたのだ。肋骨が何本か折れたようで、激しい痛みが脳天を突き、指先が痺れたような感じになる。

……容赦がない。千年草を噛み怪我は治るけれど痛みの記憶は消えやしない。

怖い。今度は怒らせたわけではない。

痛めつけることで、恐怖で思考を奪い従わせる方法があると聞いたことがある。駄目。思考を停止しちゃだめ。考えることを放棄しちゃ……。

そう、むしろ、考えることを放棄しているような演技をして油断させるくらいのことをしないと……。逆手にとって、夜叉から情報を手に入れてやるんだ。

……大丈夫。私は……一人じゃないんだから。

# 第八章 ✦ 鬼ヶ島へ

どれくらいの時間空を飛んでいただろうか。

ものすごいスピードで飛び続けていた。国の一つ二つはまたいだのではないだろうか。

……腕輪での連絡が取れる距離ではない。シャルも私の場所を感知できないだろう。

でも、きっとフェンリルさんやゴーレムさんやドラゴンさんなら私の声を聞きつけてきてくれるはずだ。そうだ、キビ団子を作ったら匂いにつられてやってくるかもしれない。

あ。空気の匂いが代わった。そう思った瞬間には眼下に海が広がっている。

「海……」

白い泡立った波が見える。激しく海面が上下しているのも。

【冬の荒波日本海に似た風景】ジャパニーズアイで文字が表示された。

……海ダンジョンに行ったときに見た海と、確かに全然違うように見える。海の色は黒く沈んで、日の光を反射することもない。いやそれは、今にも雨が降りそうな重く垂れこめた雲が空を覆っているせいか。

「見えてきたわよ、あれが我らが本拠地」

ジャパニーズアイで文字が見えた。

はげ山をいくつも連ねたようなごつごつした岩だらけの島。

「鬼ヶ島……？」

【鬼ヶ島：鬼たちの本拠地・草木一本生えない地獄のような場所・冥界と通じる穴があるとされ、そこから鬼が現れると言われている】

私のつぶやきに夜叉（やしゃ）が笑った。

「あら、鬼ヶ島のことまで知っているのね？　ふふふ。さぁ、もう到着するわ。あなたがどこまで何を知っているのか全部しゃべって貰（もら）うわよ」

鬼ヶ島の上空に達すると陰摩羅鬼が高度を下げる。

夜叉が私を抱えたまま、まだ二十メートル以上ある上空から鬼ヶ島へと飛び降りた。

「夜叉様お帰りなさいませ」

言葉を話せる強いであろう鬼が駆け寄ってくる。

頼子（よりこ）さんのようなお面をつけた鬼もたくさんいる。角のない人との見分けがつかない鬼も。

ごつごつした岩肌に【赤鬼】【青鬼】【黄鬼】【黒鬼】【緑鬼】と色付き鬼が無数にいる。

円座を組んでゲームに興じていたり、体を鍛えていたり、寝ていたり。

上空から見た鬼ヶ島の大きさは、王都の五倍くらいだろうか。単純に同じ数の人がいるとして、王都には一万人以上は人がいる。五万から十万の鬼が、鬼ヶ島にはいるってことかな？

それとももっと多いのか少ないのか。

「茨木童子(いばらきどうじ)が馬鹿をやったわ。赤鬼を二千は失うでしょうね。追加ですぐに呼び寄せなさい。ああ、どうせ必要になるだろうからどんどん呼び寄せればいいわ」

え？　呼び寄せる？　地面に視線を向けると、先ほど見たのと同じ文字が浮かぶ。

【鬼ヶ島：鬼たちの本拠地・草木一本生えない地獄のような場所・冥界と通じる穴があるとされ、そこから鬼が現れると言われている】

穴から鬼が現れるって……まさか！

「呼び寄せるって……？」

倒しても倒しても、鬼は減らないってこと？　またその穴から鬼が次から次へと出てくるっていうこと？　厄災は……鬼との闘いはずっと終わらないということなの？

「あら？　あなたも知らないことがあるのねぇ。ふふ、でも、教えてあげないわ」

夜叉(やしゃ)は口を滑らせたりしない。呼び寄せる方法、呼び寄せることができるならもしかしたら返すこともできるのか。来ないようにするにはどうすればいいのか……。聞きたいことは山ほどある。だけど、教えてあげないと言われているのに、質問をすれば怒らせてしまうだろう。怒らせれば……殺されてしまうかもしれない。

情報が欲しい。だけれど、殺されてしまえば意味がない。得た情報を伝えることもできないなら本末転倒だ。まずは殺されないよう、時間を稼いで過ごす。

「あ、あの……そ、そんなに鬼を呼んで、食べる物は足りるのですか？　見た限りこの島には草木も生えないようですけれど……」

夜叉は男とも女ともつかない美しい顔で楽しそうに笑う。

笑いながら目には残虐な色がある。怒らせたらまた痛めつけられる。自然と体に緊張が走る。

「人間をさらってきて頭からバリバリ食べるだけよ」

夜叉が指先で私の頬を撫でる。とがった刃物のような爪で頬が切れ、痛みが走る。

痛みよりも、人を食べるという言葉にぞっとすると、夜叉はまた大声で笑い出した。

「あははは。いろいろ知っているかと思ったら、何も知らないのね？　人を食べるような悪趣味な鬼なんてそれほど多くはないわ。人の姿をした鬼なら山姥くらいかしら？」

山姥？　人のような姿の鬼が人を食べるの？

「鬼の体は便利よ？　何も食べなくても死なないんだもの」

夜叉が水色の着物の袖をまくって腕を出した。

「ほら、見て頂戴。綺麗な腕でしょう？　白くてすべすべ。人間は不便よねぇ。ちょっと食べなけば痩せ細って醜くガリガリに痩せるし、肌はボロボロのガサガサでみっともなくなる。それに、十日も食べなきゃ死んじゃうもの」

「えっと、あの、酒呑童子様はお食事を召しあがっておりましたが……」

他の鬼たちも、今周りで飲み食いをしている。

「娯楽よ。食べることは娯楽なのよ。残念だけど、兵糧攻めは鬼には効かないわよ？　あ、そうだったわ。あんたは人間だったわね？　食べ物がいるのねぇ。まったく人間は不便ね」

夜叉が笑いを止めると私の顔を見た。

「大丈夫よ、誰かに人間から奪ってきてもらうから」

「いりませんっ」

私のせいで誰かが襲われるなんてとんでもないと、とっさに声が出た。

「は？　何？　断食でもして、自害するつもり？　さては、仲間の足手まといになるくらいなら死のうとか思ってる？」

とても冷たい目をされた。背筋がぞっとする。

「収納鞄の中に、あの、しばらく過ごせる食料は入っているので！」

宝箱を一つ取り出して蓋を開く。

【豆大福】

「え？　あら？　これは、もしかして豆大福じゃないの？」

夜叉が宝箱を奪うと、黒い粒の付いた白くて丸い【豆大福】を手に取り口に運んだ。

「うん。あまくて美味しい。もちもちした皮に、程よい甘さの粒あん。そして、普通の餡子に使われているよりも大きくてしっかりした……この餡子は大納言を使っているわね。皮の豆は黒豆か。大粒でほっこり仕上げられた黒豆がなんと柔らかな餅とあうことか」

幸せそうな顔をして目を閉じて豆大福を食べた夜叉は、食べ終わると空になった宝箱を乱暴に地面に投げつけた。

それから、私が背負っているリュック型の収納鞄を奪った。

「この鞄の中に入っているのね！　よこしなさいっ！」

ダメ！　どうしよう！　中には食べ物だけではなくていろいろなアイテムが……。鬼を有利にしてしまうものも入っている。魔法耐性のアイテムも。

蓋を開いて、夜叉が鞄の中に手を突っ込む。

「はぁ？」

変な顔をしてから、鞄をさかさまにして中身を全部ぶちまけようとした。

「何よ！　しばらく過ごせる食料なんて入ってないじゃないの！　やはり自害するつもりだったのね。死にたいなら、今すぐ殺してあげるわっ！」

夜叉の鋭い爪のついた手が私の首に伸びた。

私は、ここで死ぬわけにはいかないっ！

手を伸ばすと、先ほど夜叉が投げ捨てたリュックの端に指先が触れた。足で鞄を引き寄せて、手を突っ込む。

「何をしているの？」

丁度良く夜叉が私の動きに気が付いて少し首を絞める手が緩んだ。

宝箱を取り出して蓋を開けて見せる。

「どういうこと？」

夜叉が私の首から手を離して、宝箱を取った。

冷えた空気が喉を通りせき込む。苦しかった。絞められた首が痛い。しかし痛みは千年草ですぐに収まる。ただ、咳はすぐには収まらなかった。

「しゅ……しゅうの……しゅうのうかばん……」

かすれる声で、訴える。

「馬鹿にしないで。それくらいすでに知っているわよ。この世界には、見た目以上に物が入る不思議な鞄があるってことはね。だからあいつらにも人間から奪った鞄はしっかり確かめろと言っているわ。入ってないように見えてたくさんお宝が入っていることがあるからってね」

夜叉が指さした場所には鞄がいくつもゴミのように放置されていた。

あれは、奪われた収納鞄？

私が取り出した宝箱に入っていたカリントウをカリリと噛み砕きながら夜叉がリュックを踏みつける。

「この鞄には何も入ってなかったじゃない！　手を入れても出てこなければ逆さにしても出てこなかったわ。嘘をつくんじゃないわよ！」

あ。普通に使っていたから忘れていた。そっか……。こういう感じなんだ。

「盗難防止機能付きの鞄……だから」

ギルドから貸し出された、厄災用の品を入れるための鞄。盗難防止機能が付いているんだった。持ち主として登録された人間以外が取り出そうとしても中身は取り出せない。

「盗難防止？　持ち主以外は取り出せないってこと？　じゃあ、さっさと出しなさいっ！」

夜叉に命じられ、鞄の中に手を入れる。

どうしよう。夜叉は収納鞄のことは知っていた。だけれど盗難防止機能付きの収納鞄が存在するということは知らなかった。私も盗難防止機能とは具体的にどんな感じなのかまでは知らなかった。でも、私が知らないことを夜叉は知らない。私が言う話を信じるはずだ。いや、疑うとしても、本当のこと、真実を知る者はここにはいないのだから。

こくりと小さく息を飲む。いや、咳をし過ぎて乾燥して飲み込む唾液も出やしない。

「つ……次が、最後です……その、使用回数制限があって、今日は、もう次が最後……」

「はぁ？」

喉が渇く。口が渇く。嘘をつく緊張でより乾く。

「ったく、それもそうね。殺されたくなかったら全部出しなさいって言われれば盗難防止機能が付いてたって意味ないものね。むしろ、鞄だけ奪われるよりも危険が増すし」

夜叉がふふっと楽しそうに笑った。

「どうせ、持ち主が死んだら誰も取り出せなくなるとでも言うのでしょう？　自害なんてさせないわ。人間のことを聞き出して、それから、その鞄の中身が尽きるまではね」

夜叉が私の手首をつかんで引っ張った。

「いらっしゃい」

鬼が島の中央にひときわ高くそびえるとがった形の山。その中腹に岩山をくりぬいて作ったような豪邸があった。

いや、豪邸というよりはまるで一つの小さな町。

山の中に小さな町がすっぽりと入ってしまうほどの建物があった。

天井は高く、不思議と山の……くりぬかれた岩の中だというのに暗くはない。

無数のぼんやりとした炎が浮かんでいた。あれが、明かりの代わりになっているのか。

【人魂】【人魂】【人魂】【人魂】【人魂】【人魂】【人魂】【人魂】【人魂】

ものすごい数だ。【人魂】って、確かサージスさんの攻撃を防いでいた【輪入道】を覆っていた炎の正体。

【般若】の文字も見える。頼子さんのようなお面をつけた着物姿の鬼がたくさんいる。

【袴】上が着物で、下がちょっと違う姿の人もいる。そして、よく見るとお面も少しずつ違う。

【怨霊般若】【鼓般若】【舞蛇】【若獄卒】【石見般若】【嫁おどし】【神楽般若】【泥蛇】

いろいろな文字が浮かぶ。詳細が表示されない。スキルが一重になっているのだろうか。

片目をつむり【スキルジャパニーズアイ発動：二重】にしたところで、文字の渦で視界が悪くなるくらいになった。

流石(さすが)は鬼の本拠地。あらゆるものに文字が浮かぶ。さすがに三重四重五重と重ね掛けする気になれずに建物の中を進んでいく。

広間のような部屋？　いや、大通りのような廊下？　赤い柱が等間隔に並んでいる。壁は赤だったり青だったりいろいろだ。扉の色は黒。黒くて人間が使っている扉の三倍くらい大きなものが設置されている。……体の大きな鬼も通れるようにだろうか。開閉だけでもとても力がいりそうだ。

いったい、どこまで進んでいくのだろう。奥へ進むと、柱の色が黒く、壁が白くなった。そして、その先の正面。通路の終わりは柱も壁も金色に輝き、ひときわ大きな両開きの扉は右側が金、左側が銀。その前に人の三倍はあろうかという大きな鬼が立っている。【金角：宝玉を盗み妖怪(ようかい)となった】【銀角：山を動かす術を得意とし、悟空を封じた】

山を動かす術？　悟空を封じる？

【紫金紅葫蘆：しきんこうころ・呼びかけた相手が返事をすると中に吸い込んで溶かしてしまう】

金角の腰にぶら下げられた瓢箪(ひょうたん)にびくりと体が震える。お酒でも入っているのかと思ったら、中に吸い込んで溶かす？

【紫金紅葫蘆：溶けたら美味(うま)い酒に変わる】　……酒になるのか。

「おい夜叉、その人間はなんだ？」

金角が口を開いた。

夜叉は金角に視線を向けるけれど、無視する。

「ちっ。うっかり返事をするかと思ったが」

金角が舌打ちをする。

「騙されるわけないでしょう。返事をしてその中に入るなんて冗談じゃないわ。蓋が開いてるのくらい見えてたわよ」

金角が【紫金紅葫蘆】に蓋をした。……なるほど。蓋が開いている時に呼ばれて返事をしちゃ駄目ということなのか。

「残念。夜叉、お前がいなくなりゃ、俺様が四天王の座に着けるっていうのに」

え？　四天王は一人欠けたら他の人がその座に着くということ？　ということは……。

「酒呑童子様の代わりは」

もうすでに別の強い鬼が座っているということだろうか？　と、疑問を口にしようとしたら夜叉が私の手首を引きちぎれるくらい強く握った。

「四天王になりたいなら、私じゃなく、酒呑童子の名を呼んだらいいわ」

夜叉の言葉に隣の銀角ががははと笑う。

「だめだろ。あいつを吸い込んだら、中にある酒を飲み干して、足りないぞと中から手当たり次第に誰かの名前を呼び始めるぞ」

銀角の言葉に金角も同意する。

「違いない」

まさか。酒呑童子が倒されたことを金角も銀角も知らない？　茨木童子は知っていて慌てて ゴドリアの街に飛んできた。ゴドリアの街の鬼たちも知らなかった。

夜叉は知っていて、隠そうとしている。なぜ？　四天王が倒された事実が知られると不都合がある？　それとも上の命令？　羅刹が倒されたことも鬼たちには知らされてない？　いや、茨木童子はゴドリアの街の鬼に知らせに来たのだから、秘密にしろと命令はされてない？

分からないことだらけだ。

「で、その人間はなんだ？　なぜここに連れてきた？　山姥の餌にでもする気か？」

山姥って、人を食べるっていう……。

「いいや、私の食事だ」

夜叉がニヤリと笑って金角に答えた。

「あ？　お前もとうとうそこまで来たか。山姥の仲間入りだな」

「私としわくちゃばばぁを一緒にするなっ！」

夜叉がカッと怒りをあらわにした。

「酒のつまみになる美味しい物を何か出せ」

夜叉が私に命じた。今日は最後と言ったので、その最後の一つを出せと言うことだよね。間違えてこのあと何か出さないようにしないと。一つだけ。酒のつまみになる美味しい物……。

何があったかな。酒、酒……。収納鞄からとっさに取り出したものを夜叉に渡す。

「何よこれ！　干からびた……イカ……スルメって言ったかしら」

【スルメ】を手に、夜叉がムッとしている。干からびたイカに見えるスルメです。

「おお！　それはスルメじゃないか。ちょっと火であぶって裂いて食べると、酒がすすむ」

じゅるりと音を立て、金角が手の甲で口元をぬぐう。

夜叉がニヤッと笑った。

「分かった？　この人間は私の食事係だ。手を出すなよ。出したら殺す」

夜叉がピンっと刀を抜いて、刃先を金角に突き付ける。

「分かった。手は出さないし、他の鬼たちも見張ろう」

「ああ、そうしてくれ。この人間はその部屋に入れとくから、見張ってくれ」

夜叉が、金角と銀角の立っている大きな扉につながる通路にある壁を指さした。左側には朱色に金で装飾が施された立派な扉が四つ並んでいる。その立派な扉の隣にはそれぞれ対になる朱色に銀の装飾の扉があった。その一つを指さしている。

「夜叉の女房部屋で悪さする人間なんていないだろう」

銀閣が笑っている。

【女房部屋：貴族に仕える侍女である女房に与えられた部屋・宮廷に仕える女官に与えられた

一人部屋のことを女房と言う場合もあるがこの場合は侍女の部屋】

貴族に仕える侍女？　夜叉は貴族？　鬼にも上下関係はあるけれど。貴族なんていうのもいるの？　それとも四天王という地位が貴族のような物なのだろうか。金の装飾が施された扉の部屋が四つ並んでいる。四天王の部屋ということ？

金と銀の立派な扉が閻鬼大魔王の部屋ということだろうか。四天王の部屋の通路を挟んで向かい側には、一二の朱色に黒の装飾の扉。四天王と呼ばれる強い鬼の次に強い鬼たちが十二いると言うこと？　それはどれくらい強いのだろう。

「見張ってやるさ。だが、ただでとは言わないよな？」

金角は銀角の言葉を無視して夜叉に話しかける。

「ああ、これはやる」

夜叉がスルメを金角に投げ渡した。

「ああ、スルメだ！　くっそ、すぐにでも食べたいところだが、火であぶるには外に出ないと駄目だから、暫(しばら)くお預けだな」

金角が大事そうにスルメを懐に入れているが、そんな様子に興味なさげに夜叉は私を先ほど指さした部屋の前に連れて行った。

「ここがお前の部屋だ。隣は私の部屋だ。さっきの会話を聞いていれば分かると思うが、逃げようとしても見張りがいる。明日から二回はおいしいものを出せ。いいな」

「え？　二回でいいんですか？」

「何回出せる」

しまった。

「出したものの価値や大きさ……とかでもその、違うんですけど……。食べ物なら三～四回は出せると思います」

口から出まかせだ。嘘をつくのは苦手で、きっととてもへたくそな嘘だ。動揺しているし、言葉も震えている。だけれど、夜叉は私の様子がおかしいのは恐怖心からだとでも思っているのか、全く嘘に気が付かない。

「自分の食べ物を出すことは頭にないの？　自害しようとするなら、両手足を縛って口に食べ物を押し込むわよ？」

それは困る。……殺されないのも困るけど、自由を奪われるのも情報が得られないから困る。


次の日……何の進展もない。

部屋に一人で閉じ込められているのを幸いに、こっそり腕輪で連絡が取れないかと石に触れて声をかけてみるけれど返事が返ってくることはない。

通信できる範囲にシャルもサージスさんもいないということだろうか。……まさか茨木童子に倒されてしまったなんてことはないと思うけれど……。

けれど……。不安だ。どうなっているんだろう。何もすることがないと、ろくな考えが浮かばない。

大きく首を横に振る。

……大丈夫だ。鬼ヶ島に鬼をやっつけに来るよ、きっと。その時に、私はできるだけ多くの情報をサージスさんたちに伝えるんだ。小さなことでもいい。何か情報を。


「さぁ、今日は何を私に出してくれるのかしら？　あんたは何を食べるの？」

さらに二日が経過した。

夜叉は言っていたとおり二回私の部屋を訪ねては食べ物を要求する。その時に、私がちゃんと食べるか確認もしている。宝箱を取り出して夜叉に渡す。自分が食べるものは携帯食の固いパンだったり干し肉だったりだ。

ずっとこの部屋にいて、会話するのも夜叉との食事の時だけ。夜叉からは新しい情報が得られずにいた。

無駄に時間だけが過ぎていくので、この部屋から出る方法を昨日考えた。

一か八かだ。夜叉を怒らせるか、それとも計画通り部屋を出ることができるか。

「あら、何よ、これ！」

夜叉が宝箱を開くと、文字が見える。【味噌(みそ)】

そう、ハズレドロップ品通称「糞」と呼ばれるものの中でも最上級に見た目で顔をゆがますような品だ。夜叉は味噌を見て怒るかもしれない。賭けだ。

「味噌じゃないの！　って、これはこのままじゃ食べられないのよ。知らないの？」

夜叉は【味噌】にすぐに気が付いた。そして、怒らず、呆れた顔をする。

「味噌汁、朴葉味噌、味噌ちゃんこ鍋……あの、材料があれば料理します」

夜叉が私の言葉にちょっと驚いた表情を見せる。

「本当に、あんたはいろいろなことを知っているのね？　ちゃんこ鍋なんてどこで覚えたのだか……」

しまった。ジャパニーズアイで知った料理なら鬼なら常識的に知っていると思ったけれどそうじゃないの？

「まぁいいわ。味噌汁が飲みたいわ。材料は、鬼ヶ島に食料なんて置いてないから、人間のところで奪ってきてもらいましょう」

しまった。私のせいで被害が。

「……と、それも時間がかかるわね、味噌汁の材料なら、周りの海で取れるでしょう。わかめ、昆布、もずく、あおさ……。来なさい」

夜叉に腕をつかまれ、三日ぶりに部屋の外へと連れ出された。

「おう、夜叉どこへ行くつもりだ？　闇鬼大魔王様に部屋に控えているように命じられてるだろう。茨木童子が勝手に出て行ってから戻ってこないもんだから、お前は出ていくなと」

茨木童子が戻ってこない？　っていうことはサージスさんたちが無事に倒した？

「ちっ、茨木童子が戻ってこないせいでとんだとばっちりね」

夜叉が舌打ちをする。

「この子にちょっと味噌汁を作らせるだけよ。外に少し出るだけ、すぐに戻ってくるわ」

金角が夜叉の腕をとった。

「閻鬼大魔王様に外に出すなと言われている。見張りを変われ、味噌汁なら俺が作らせてくる」

夜叉が引き留めた金角を睨みつけた。

「どうせ、おこぼれにあずかりたいのでしょ？　……はっ。分かったわよ。私の分まで食べたら殺すからね？」

夜叉に行きなさいと金角の方に押し出された。

「おう、こっちだ」

金角はにやにやして私を案内する。ずっと押し込められていた部屋から出られた。すぐにでも金角から何か情報を聞き出せないかと思ったけれど、腰にぶら下げているひょうたんが目に留まった。名前を呼ばれて返事をしたら吸い込まれて溶けてしまう【紫金紅葫蘆】。他にも怖い道具をもっているかもしれない。どのように話を切り出したらいいのか……。

建物の外に出るまで、金角も黙ったままなので会話のきっかけもつかめずにいた。

建物から出て、数分歩いて色付き鬼たちの姿がたくさんあるごつごつした岩場に来た。

鬼だらけ……敵に囲まれた状態に小さく息をのむ。

でも……。夜叉を怒らせない限り、私は殺されるようなことはないのだろう。酒呑童子のお気に入りの着物を着た女性を他の鬼たちは傷つけないようにしていた。夜叉のお気に入りの私を他の鬼が傷つけることはないはずだ。怖がる必要はない……と心を落ち着かせる。

「で、味噌汁はどうやって作る？　味噌があったって作れないだろ？」

やっと金角が話かけてくれた。

「な、鍋があるので」

頭の上に乗せていた兜を手に取る。

「ぶはっ。そういやぁ、お前、雪平鍋なんて頭に乗せてどういうつもりかと思ってたが、料理用か！」

「いえ、あの、私たちのこの世界だと、これは、防具として売っていて……兜として頭に」

と、素直に答えると、金角が腹を抱えて笑い出した。

「ぐはははっ、兜！　鍋が兜！　あはははっ。お前らあほだろ、この世界の人間、あほすぎるだろ！　よくそんなもの頭にかぶって……ぶはっ。まさか、他の鍋も兜として頭にかぶってるやつはいないよな？」

「えーっと……見たことがあるのは、土鍋……で、重たいから頭にかぶっても防御力が上がりそうもないので人気はありません」

　金角はまた笑い出した。

「土鍋、ぐははは、ははっ、土鍋を頭にかぶる……ぶははは、想像しただけで腹がよじれる。なんで、そうなるんだ、がははっははっ」

　ひーひー言いながら、暫く笑っていた金角は、落ち着くと私の背中をバンバンとたたいた。

「おもしれぇな、で、鍋は分かった。味噌と、あと必要なのは何だ」

「具……は、夜叉様が海に何かあるだろうと」

「ん？　ああ、そうだな。おい、お前ら、海でちょっと食べられる物取ってこい」

　金角が、円座を組んでしゃべっていた青鬼に命じた。

「あとは、火か」

　金角が周りを見渡す。

「残ってねぇか」

　残っているとは何だろう？　燃やすもの？　草木も生えていないので、薪も拾えないのは確かだ。海岸にいけば流木は拾えるだろうか。

　少しなら収納鞄の中に。あ、でもいろいろ取り出せることを知られると夜叉にも伝わる？

「おい、お前、ちょっと穴に行って釜茹んとこの獄卒に薪を持ってこっちに来させろ」

「え？　釜茹でをどこかでしているのなら、そこでちょっと鍋を置かせてもらえれば……」

台所があるってことだよね？

金角がぷっと笑った。

「あははは、茹でられてるのは罪人だ」

「ひっ、人？」

「いや。死んだ罪人」

「た、食べる……の？」

金角がまた笑った。

「人など食うわけないだろう。山姥じゃあるまいし。ちょっと穴から薪が届くまで時間がかかりそうだな」

金角が座った。岩しかなくて周りが鬼だらけの場所に。

ここで待つようだ。慌てていつでも味噌汁が作れるように、落ちている石を拾って鍋を置くための簡易かまどを作っていく。

「えっと、水は？」

部屋に水だけは運ばれてきた。鬼は食べなくても水は飲むのか、それとも飲む以外……顔を洗ったりとかにも使うから準備しているのか。

「おい、お前、水を持ってこい」

金角がすぐに指示を出す。どうやら金角は夜叉が死んだら自分が四天王になると言っていただけのことはあり、地位が高い強い鬼らしい。偉そうに命じても、鬼たちは逆らうこともなく指示に従って迅速に動いている。

「えーっと、穴は遠いんですか？　まだ時間がかかりますか？　その、遠くないなら場所を教えてもらえば、今度から取りに行きますけど……。部屋に閉じ込められているだけですることもありませんし……」

金角がまた笑った。随分笑い上戸みたいだ。

「ははは、穴の中に行くつもりか？　残念だが一方通行だ。向こうからこっちに鬼たちが来ることはできても、こっちからは人間も鬼も行くことなどできないさ。なんせ向こう側は地獄だ。冥府だよ。死んだ人間が行く場所だ」

え？　死んだ人間が行く場所？　鬼がこちらにくる穴？

それは夜叉が言っていた、鬼を穴から呼び寄せなさいという、その穴？

「あの、死んだ人間が行く場所に、鬼がたくさんいるんですか？　それとも、死んだ人間がそこに行くと鬼になるんですか？」

金角が不審な目を私に向ける。

「なんだ？　何が知りたい。何を探っている。鬼の勢力か？」

まずいっ。

「この目は鬼の目だって言われました。私の世界ではスキル……その人が持つ独自の能力と言われるものが、私はこの目です。そのスキルを使い続けるといつか鬼になると……。それが本当か知りたいのです」

こんな言葉でごまかせるのかどうか不安だったけれど、金角はまた笑った。

「ははは、そういうことか。生きたまま鬼になる者もいるな。山姥(やまんば)がそうだ。死んでから鬼になる代表例は餓鬼だな。鬼になる理由はいろいろだ。スキルを使って鬼になるかならないかは俺にも分からん。が、鬼になるなら歓迎するぞ。美味(うま)い物を作れる鬼は貴重だからな」

海から食べられそうなものを鬼が持ってきた。

【イソガニ：味噌汁(みそしる)に入れれば、カニのおいしい磯の風味が味わえる】

水も運ばれてきたので鍋にイソガニと水を入れる。薪(まき)は遅れてやってきた。

東側からだ。金角が特に遅いなどと言わなかったことから考えると、鬼が走って往復してこれくらいの時間がかかる距離にあると言うことだろう。もっと情報が欲しい。

「えっと、薪が欲しかったら、持ってきてもらえばいいんですか？」

火を起こしながら尋ねる。手は休めない。青鬼が持ってきた薪は両手で抱えるくらいだ。二、三回料理に使えばすぐになくなってしまうだろう。

「ん？　ああ、毎回待たされたんじゃたまらんな。おい、お前、今度は十人くらい一度に呼べ。薪を持ってこさせろ」

他の鬼との会話のチャンスを得ることはできなかったか。残念。

お湯が沸いてきた。イソガニが三匹、雪平鍋の中で踊っている。そろそろ味噌を入れてもいいだろうか。味噌を入れると【イソガニの味噌汁：食べごろ】と表示が出る。

器を取り出して、カニを一匹と汁を入れて金角に差し出す。残りは夜叉に持っていく。

「おう。分かってるじゃないか。出来立てが美味いんだよな」

金角が、イソガニの味噌汁を飲んだ。

「ふはぁー。うんめぇなぁ。これだよ、これ。まさか穴が一方通行で帰れねぇなんて思わなかったからなぁ。この世界で何が辛いって、食べ物が口に合わないことなんだよ。酒は、こいつがあるからいいけどよ」

金角が腰に下げた【紫金紅葫蘆】をぽんっと叩いた。

「なんで、穴から出てきたんですか？」

「んあ？　そりゃ面白そうだからだろ？　突然大穴が空いたんだ。穴があったら入ってみたくなるだろう？」

え？　そうかな……？　首をかしげると金角がそんな私を見て首を傾げた。

「この世界の人間だって、ダンジョンだったか？　穴に潜るのが好きだろ？」

……そう言われれば、そうなのかな？　同じようなもの？

夜叉にイソガニの味噌汁を運んで、そのあとはいつものように部屋にこもる。

新たに分かったことは茨木童子が帰ってないということ。……サージスさんたちが倒したのだろうか。そうだったらいいな。

私を探しているだろうか……。戦いが終わったなら、ドラゴンさんとかを呼んでもいいのかな。だけど、もし、まだ戦闘中なら呼ぶわけにはいかない。

腕輪の石に触れる。

「聞こえる?」

話しかけても返事はない。やっぱり、まだ腕輪で声が届く範囲にシャルもサージスさんもいないんだよね? 分かっていてもちょっと寂しい。

次の日はキビ団子を作ろうといつものように食べるものを取りに来た夜叉に伝える。

「また火を使って作るものなので、行ってきてもいいですか?」

夜叉はすぐに金角に声をかけた。

「見張りは変わるから、連れていけ」

金角が任せろとばかりに金の扉の前から動いた。

「今日は僕が行こう。金角ばかりおこぼれにあずかるのはズルい」

銀角が金角より前に出た。素直に金角は銀角に譲るようだ。分かったよと残念そうな顔を見せただけで後は何も言わない。

【銀角：山を動かす術を得意とし、悟空を封じた】

悟空……この文字には見覚えがある。どこかで見たんだけど、どうしても思い出せない。

「で、今日は何を作るんだ？　昨日は味噌汁だっただろう。その前に金角にはスルメもやっていたな」

外に出て、昨日味噌汁を作った場所へと移動してから宝箱を取り出す。

「はい、今日はこれとこれを使ってキビ団子を作ろうと」

入れ物を取り出し中身を見せる。

一つはキビ。もう一つは大豆。きなこをまぶしたキビ団子を作ろうとして出した。

「おい、これはどういうつもりだ！」

突然、強い口調で銀角に腕をつかまれた。

手に持っていた宝箱が落ちて、地面にバラバラと大豆が転がる。

「ぎょふふふっ」【うわっ、豆だ！】

「ぎょふっ」【逃げろ！　人間が豆を持ってきたぞ！】

あ、しまった。

「大豆がこの世界にもあるとはな……」

銀角が、散らばった大豆を踏みつける。

私の馬鹿。大豆が存在することをばらすようなことを……。

「しかも、キビ団子だと？　桃太郎が鬼退治のために仲間を集めるのに使った団子だろう、どういうつもりだ！」

うわ。そうだ。確かに。キビ団子はドラゴンさんたち、鬼を倒す宿命のある三体を呼ぶためのもので……。鬼が周りにいるときに作るようなものじゃなかった。そりゃ鬼に喧嘩を売るようなもんだ。

「いくら夜叉がかばおうとも、生かしておくわけにはいかなさそうだ」

銀角が私の首をギリギリと締め上げる。これは、流石にもうダメかな。

「たす……け……て」

一か八か、声を上げると、悲鳴が上がった。

「ぎょふー」【ぎゃーっ！】

周りにいた赤鬼や青鬼たちが大慌てで走り回っている。

「ぎょふぎょふっ」【やめてくれー！】

パラパラパラと、上空から大豆が降ってきた。

「は？　なんだ？」

驚いて銀角が空を見上げたそのすきに、緩んだ手から逃れる。

「見つけた」

あっという間に私の体はシャルに抱きしめられた。

見上げれば上空にはドラゴンの姿が。そして、ドラゴンが滑空し地面に近づくと、十人ほどの人間が飛び降りてきた。

「サージスさん！　それに……ハルお姉さん」

それから冒険者の人たち。

ドラゴンさんはそのままどこかへ行ってしまった。

「まさか、海を渡らないと駄目な場所にいるとはね。舟でみなここに向かっているところだ。僕が飛べる距離まで舟が近づいたら少しずつ運ぶから。ドラゴンは先導役だ」

シャルが簡単に状況を説明する間に、サージスさんは銀角と剣を交えていた。

駄目！　とっさにそんな思いが胸に上がってきた。

分からないけれど、サージスさんと銀角を戦わせては駄目だ。何でか分からないけれど、違う。何か思い浮かびそうだけど……なんだろう。

勘が働くとはこういうことなのだろうか。銀角を今倒しては駄目だ。

「サージスさん、銀角は違う。夜叉を、いや……鬼ヶ島のボスはあっちにいる」

建物の入り口を指さす。

「分かった、ここは任せた」

サージスさんが冒険者に声をかけて駆けだした。

銀角が追いかけようとするのを、冒険者たちが前に出て止める。何度か行動を共にしたことがあるA級冒険者さんだ。

「ぎょふ」【やっつけろ、人間たちを！】

いつの間にか無数の赤鬼や青鬼たちがこちらに向かっていた。

「リオ、シャル、こっちに」

ハルお姉さんが私とシャルを手招き、それから手に持っていた収納鞄をひっくり返した。

ザラザラザラと、大量の大豆が出てきた。まるで、泉から湧き出る水のように、どんどん収納袋から大豆が出てきて周りに広がる。

「これは？」

「ふふ、複製スキル持ちや、栽培促成スキル持ち総動員で、増やしたの。今も増産中よ」

なるほど。その手があったんだ。

「ふふ、本当に鬼はこんな豆が怖いのね」

私とハルお姉さんとシャルの足元は大豆に覆われている。半径十メートルほどは大豆が広がっていて、色付き鬼たちは近づくことができずにいた。

「あの、茨木童子はどうなったんですか？」

「サージスさんとガルモさんの共闘でやっつけちゃったわ。すごかったわよS級冒険者が二人いると」

ハルお姉さんの言葉にほっと息を吐き出す。

「でも、それからが大変だったのよ」

「え？　大変？　もっと強い鬼が出たんですか？　それともヤマタノオロチみたいなのが出たとか？」

ハルお姉さんが首を横に振った。

「違うわよ。リオちゃんがどこに連れ去られたのか、尋問する相手がいなくなっちゃったわけでしょ？　まだ生きてた赤鬼を捕まえてシャルが必死に聞き出したんだけど。なんせ相手はぎょふぎょふわけの分からないことを言うだけだし。一向に情報が得られなくて大変だったのよ。……それにしても、シャルを怒らせたらだめだと実感したわ……」

ハルお姉さんがぶるぶると身震いした。

えーっと。シャルを怒らせたらどうなるのかな……。

「それで何とか鬼ヶ島のことや、どうやらそこにボスみたいなやつがいると分かって……」

ハルお姉さんが説明を続けようとしてくれたけれど、銀角の怒号で話が中断する。

「何をしている！　豆など恐れるな！」

その声に、足が豆で焼けただれるのを覚悟して何人かの鬼がこちらに向かってきた。

「あっちにいけ！」

ハルお姉さんが大豆を拾って鬼に投げつけた。鬼は豆をくらって悲鳴をあげて倒れてのたうちまわる。

「あ、飛べる距離に舟が近づいてきたみたいだ。ちょっとみんなを連れてくる。ここにいれば大丈夫そうだね」

シャルが豆を拾っては投げ続ける私とハルお姉さんを見て舟へ飛んで行った。

「ふふーん。豆があれば平気、平気！」

ハルお姉さんが拾っては投げ、拾っては投げをしていると、大きな声が聞こえてきた。

「お前はさっさと応援の鬼を呼んで来い。できるだけたくさんだ。それからお前たちは穴蔵で寝てる怪物たちを起こしてこい、それからお前は」

金角が鬼に指示を飛ばしながらやってきたのだ。

まずい。金角には大豆は効果がないだろう。色付き鬼は大豆が苦手だと言っていた。

「殺すには惜しい。俺が貰おう、言うことを聞かなければ殺す」

ものすごいスピードで金角が大豆の上を走って私の方へと向かってきた。

「お待たせ」

シャルが金角の前に二十人ほどの人を連れて現れる。

「じゃまだぁ！」

金角が大きな刀を一振りすると、数人の冒険者が剣圧を受けきれずに吹っ飛ぶ。

「お前の相手はおいどんがするでごわす」

ガルモさんが、その刀を、鉞であっさりと受け止めた。

「ふんっ、ちょっとはやるようだな。名前を何と言う」

だ、駄目だ！

金角が刀を持つのとは別の手で、そっと【紫金紅葫蘆】の蓋を外すのが見えた。

「おいどんはガルモだ」

駄目！　ガルモさんの名前を金角が呼ぶのを邪魔する。

「金角！　これをあげるから助けて！　スルメもあるし、タラバガニはどう？　それから茄子のぬか漬けに」

命乞いをするふりをして、収納鞄からいろいろと食べ物を取り出して金角に近づいていく。

「はっ。戦いが終わったら貰ってやろう、酒が美味く飲めそうだ。そうだろう？　ガル……」

手が【紫金紅葫蘆】に触れた。シャルに目で訴えたらすぐに飛んでくれた。

金角がガルモさんの名前を呼び終わり、ガルモさんが返事をするときには、【紫金紅葫蘆】は私の手の中にあり、金角からは距離がある場所にシャルが飛んでくれていた。蓋をして収納鞄の中に突っ込む。

「何をするっ！」

金角が私を追おうとしたけれど、進行をガルモさんが止めた。

「おぬしの相手はおいどんでごわす。逃げるつもりでごわすか？」

「逃げなどせぬ！」

そうして、ガルモさんと金角の戦いが始まった。

他の冒険者たちは集まってきた鬼たちを倒している。

「ぐるる」【主!】

ドスンと、私の目の前にフェンリルさんが現れた。

「ああ、舟がいくつか到着し始めたようだね。リオ、僕はまた人を運びに行く。ちゃんとリオを守ってよ」

「ぐるる」【言われるまでもない。主を守るのは我の役目】

フェンリルさんがシャルを追い払うようなしぐさをした。

人の形をしていない角の生えた鬼たちも姿を現し始める。フェンリルさんが簡単に倒してしまうけれど、数が多い。

気が付けば私の目の前に【牛鬼】という鬼がいた。

「【火魔法スキル発動:火炎】」

【牛鬼】が目の前で火だるまになる。

「大丈夫? リオ」

「アリシアさんっ、ありがとう!」

ロードグリのアリシアさんが駆け付けてくれた。と思ったら、その背に別の【牛鬼】が迫っていた。

危ない！　と声をかけるよりも先に、刀が【牛鬼】を切り裂いた。

「油断するな、アリシア！」

フューゴさんだ。

「サージスはどこだ？」

その後ろから現れた将軍が私たちに一切鬼を寄せ付けない。

今だ。手に入れた情報を口早に将軍に伝える。

「ここ鬼が島で一番強いのは閻鬼大魔王と呼ばれる鬼です。酒呑童子（しゅてんどうじ）や羅刹や茨木童子（いばらきどうじ）は四天王と呼ばれる鬼で、同じ四天王の夜叉（やしゃ）がまだいます。四天王に次いで強いのはそこにいる金角と銀角らしいです。サージスさんは夜叉や閻鬼大魔王がいるあの扉の奥へ向かいました」

将軍の口元が笑う。

「なるほど、私たちの相手はあの中か。いくぞフューゴ」

将軍とフューゴさんが走っていく。

次々と兵や冒険者を乗せた船が到着し、鬼たちとの戦いを繰り広げていく。舟の誘導を終えたドラゴンさんは【陰摩羅鬼】を追いかけていた。

シャルが私の隣に立って息を吐き出した。

「僕が往復しなくても後は舟の到着を待てばいいかな。余裕ありそうだよね。思ってたより強い鬼の数が少ない」

シャルが連れてきた人の他に一つの舟に五十人、三つの舟がすでに到着している。鬼の数よりはまだ少ないけれどほとんどがすぐに倒せるような鬼なので確かに余裕はある感じはする。

フェンリルさんが圧倒的な力で動きの速い獣型の鬼を倒してくれるし、ドラゴンさんが空を飛ぶ鬼を倒してくれているのも大きい。

ん？

「ゴーレムさんは？」

「ああ、大きすぎて舟に乗れないから、海の底を歩いてきてるよ」

「海の底を……？」

息とか大丈夫なのかな？　岩だから大丈夫なの？

「まずいぞ！　あそこを見ろ！」

兵の一人が声を上げた。

あそこと指さされたのは東の方角だ。東から、大量の鬼が向かってきているのが見えた。

「増援か！　いったいどれだけいるんだ？」

しまった。穴から鬼を呼んできたんだ。二千や三千、いやもっといるかもしれない。

こちらは舟で五十人、百人という単位でしか移動できないのに、鬼は穴を通ってあっという間に数を増やすことができる。

「シャル……鬼は穴から来てる……。ダンジョンからモンスターがあふれ出るように、鬼が出てくる穴があるんだ……」

「スタンピードみたいなもの？」

「……分からない。でも、鬼は呼べば来るって言ってた。今も増援を呼んだから来てるみたい」

シャルの顔が青ざめた。

「呼べば来る？　まさか、どこかから転移してくるとか？　増援は無限にやってくるなんてことはないよね？」

ああ。なるほど。穴という形の転移魔法陣みたいなものということもあるのか……

「無限かどうかは分からない……けど……」

兵を集めれば、人間だって、何万も集めることができるんだ。厄災のために、いろんな国が手を取り合っている。何万どころか何十万も集められるだろう。……同じように鬼も何万も何十万も集められるとすれば、この場にそれだけの鬼が現れたら……。

「ちっ。ちょっとこっちも増援が必要そうだ。行ってくる」

迫りくる何千もの鬼。いくら一体一体は弱いからといって、数が増えれば強敵になる。

シャルが飛んですぐに戻ってきた。舟から人を連れてきたのだ。その中に知った顔がある。

「シェリーヌ様っ！」

「リオちゃん、状況を説明して頂戴。シャルに連れてこられたけれど私の魔法が必要？」

「穴と呼ばれるところから鬼が次々に出現しているんです」

シェリーヌ様が東に視線を向け、すぐに空を見上げた。

「ドラゴンに頼んで上空から状況を確認できないかしら？」

上空ではドラゴンさんが頭が人、体が蝙蝠のような鬼と戦っていた。

【蝙蝠鬼：血を吸う。群れて襲う】

たくさんの【蝙蝠鬼】がドラゴンさんの体に吸い付いている。

「あそこも近づかないほうがよさそうだ」

シャルが渋い顔をした。

「私が一緒に行くわ！　リオもシェリーヌ様も私が守るから、連れて行って」

アリシアさんがシャルの肩をつかんだ。

「分かった、行くよ！」

シャルが私とアリシアさんとシェリーヌ様と一緒にドラゴンさんの背に飛ぶ。

すぐにアリシアさんは私たちに襲い掛かろうとする【蝙蝠鬼】を火魔法で次々と倒していく。

すごい。また、アリシアさんの魔法技術が上がっている。発動までの時間が短くなって狙いも正確だ。正確に狙えるから無駄に大きな魔法を使わなくていいので発動回数も増やすことができているんだろう。

それにしても、ドラゴンさんの体はあちこち傷だらけだ。空にいる鬼を一手に引き受けていたんだ。三体には千年草も効かないし……。

「ごめんね、ドラゴンさん……」

「ガガガ」【何を謝ってる？　おりぇ頑張った。鬼をやっつけたらおいしいものを食べさせてくれ】

「うん、もちろん……。鬼たちがいっぱいやってきてる方、東に向かって飛んでくれる？」

「ガガ……ガ」【わか……た】

ドラゴンさんが大きな翼で羽ばたく。が、いつものようなスピードは出ない。体も傷だらけだけれど、よく見れば翼にも穴が開いている。

……。ぐっと涙が出そうになるのをこらえる。

「くっ、想像以上にすごい数ね……」

穴は、海岸沿いの山の頂上に空いていた。昔本の挿絵で見た火口のような穴だ。ただ火口とは違い底は見えない。鬼が我先にとあふれ出ている。一〇〇〇や二〇〇〇と表に出ている鬼の奥にみっちりと出てこようとする鬼の姿が見えている。鬼は大量に表れては雪崩のように移動している。

「私の魔法で、このあたりの鬼をせん滅したとしても、またすぐに鬼が出てきてしまうのではどうしようもないわね」

シェリーヌ様が唇（くちびる）をかむ。

「ガガ……」【やっと来たか】

ドラゴンさんが首を向けた方を見ると、海岸にゴーレムさんの姿が現れた。

ざばざばと大きなみずしぶきを上げて陸に上がってきている。

ゴーレムさんはそのまま鬼があふれ出ている山に向かって行き、次々に鬼を蹴散(けち)らしていく。

鬼がゴーレムさんの前では、人に群がる蟻(あり)のように見える。

だけど、蟻だって数が増えれば人の命を奪うこともできる……。ゴーレムさんの足が次第に遅くなって、頂上付近では鬼に足止めされてしまった。

「援護したいけど……」

私には戦う手段はない。……いや、待って。

「ドラゴンさん、ゴーレムさんの上に行って！」

収納鞄(かばん)から、巾着(きんちゃく)袋を一つ取り出す。この巾着も収納袋だ。ハルお姉さんから受け取った。

【大豆：鬼は外と言ってまいて鬼を退治する】

袋に手を突っ込み大豆を手にとり上空からゴーレムさんにまとわりついている鬼に向かってまき散らす。

「鬼は外！」

ゴーレムさんにまとわりついていた鬼たちが苦しみ離れていく。再びゴーレムさんが頂上に向かって歩き出した。

「ギギギ」【穴はオイラが塞(ふさ)ぐ】

ゴーレムさんが穴の上にうつぶせに覆いかぶさった。

「ギギギ」【オイラは岩だ。火には強い、このまま焼き尽くせ】

「シェリーヌ様……ゴーレムさんが、自分は火に強いから鬼は焼き尽くせと……」

シェリーヌ様が頷き、胸元から鳴鳳の笛を取り出した。音を遠くまで届けるアイテムだ。

「退避せよ！」

シェリーヌ様が思い切り鳴鳳の笛を吹くと、退避せよという言葉と共に、耳を切り裂くようなものすごい音が響き渡る。

そのまま十秒ののち。シェリーヌ様が魔法を放った。

「【スキル発動：最上級火魔法紅蓮炎特級】」

草木一本生えていない、鬼に覆われた山が紅蓮の炎に包まれる。

そして、灰すら残らない焼けた色の岩肌が残った。

ゴーレムさんは穴の上に覆いかぶさった頭を動かした。

「やった、援軍の鬼をやっつけた」

ホッとしたのも束の間。ゴーレムさんの様子がおかしい。

「ギギギ」【駄目だ。オイラを押しのけようと鬼たちの動きが激しくなっている……このままじゃ押しのけられて鬼が出てくる】

「くっ。すぐに採掘スキル持ちを集めて穴を完全にふさぐように連絡をしてちょうだい。聞こ

える？　鬼が出てくる穴があるの。ふさぐために人を集めて」

『穴を？　分かりました。ですが連れてくるのにどんなに急いでも一日は……』

シェリーヌ様が舟に待機していた人と通信アイテムで連絡を取り合っている間、私の目に映っていたのは、ゴーレムさんの文字だ。

【ゴーレム：西遊記の孫悟空と同じ種族・岩猿】

「シャルっ！　銀角の元へ飛んで！」

「え？　はぁ？」

シャルの腕を掴んだ。すぐに、シャルは銀角を視界にとらえると飛んだ。

いくら強いとはいえ、複数の冒険者を相手にしていたため銀角も無傷というわけにはいかなかったようだ。

足元が少しおぼつかないようにも見える。

「殺されに来たか」

銀角が私を睨んだ。

「銀角、あなたは山を動かして何をするの？」

「ああ？　そりゃ山を動かして猿やろうを封印するのさ！」

銀角の返事を待ち、シャルにお願いする。

「飛んで、ドラゴンの元へ。銀角も一緒に」

シャルが銀角の手に触れるとすぐに視界が変わる。

「何をするっ！」

銀角が刀を振った。ドラゴンの上では逃げ場もなく、肩を切られた。

「せっかく教えてあげに来たのに。ほら、あそこに、あなたが封印するべき猿がいるって」

山の頂上で寝ころんでいるゴーレムさんを指さす。

【ゴーレム：西遊記の孫悟空と同じ種族・岩猿】

そして銀角の顔を見上げた。

【銀角：山を動かす術を得意とし、悟空を封じた】

銀角の説明にある悟空と、ゴーレムさんの説明にある孫悟空……それが同じものであれば。

銀角の言う猿とゴーレムさんが同じであれば……。

ゴーレムさんと会った時には岩で動けないように封印されていた。また、同じように動けないように封印なんてされたくないだろうけれど……。絶対に、後で助けるから。少しの間だけ……。

「おおおっ、感じるぞ、確かに、あいつは憎き猿っ！　思い知るがいい、我が力！」

銀角がドラゴンさんから飛び降りた。我を忘れた様子に、心臓がバクバク鳴りだす。

どうか、穴のことを忘れてくれますように。このまま銀角は、宿命だとかあらがえない衝動だとか、何かに突き動かされたように我を忘れたままでいて！　ただ悟空を封じることだけしか考えられなくなって！

両手で祈るように手を組むと、銀角はぶつぶつと呪文のようなものを唱え始めた。

「山よ動いてかの憎き猿を封じよ」

雷鳴のような轟音が山から聞こえたかと思うと、あっという間に山が形を変えていく。

ゴーレムさんの周りが盛り上がっていき、その巨体を包み込んで封じ込めてしまった。かろうじて見えるのは、ゴーレムさんの顔と、指先だけだ。

「もっとだ！　埋まれ！　二度とその身を自由になどするものか！」

銀角がさらに呪文を唱えて、ゴーレムさんの体の上に上にと山が出来上がり、その体はもはや頂上ではなく山の中腹に埋まっていた。

「ギギギ」【これではどうあがいても、出てこれないだろうな】

ゴーレムさんがニカリと笑った。

それは、穴から鬼がという意味だとすぐに分かったけれど、銀角はゴーレムさんが出てこれないと言っていると勘違いしたようだ。

「うはははは！　はははははは！」

愉快そうに笑う銀角に声をかける。

「山を動かしちゃうなんて、すごいです、銀角さんっ！」

大声で叫ぶと、悦にいった銀角さんがこちらを見上げた。

「そうだろう」

「あの、銀角さん」

「何だ」

その瞬間、銀角の体がふわりと宙に浮いた。

「何が起きたの？」

シェリーヌ様が驚いている。浮いた銀角はそのままドラゴンさんの元へと飛んできた。

それから、あっという間に、私が収納鞄からちょっと口をだしておいた【紫金紅葫蘆】に吸い込まれていった。

「くそぅっ！　紫金紅葫蘆かっ！　よくもっ！　こんなもの内側から壊してすぐに……！」

銀角の声は蓋をするとすっかり聞こえなくなった。そしてそのまま収納鞄の中へ。

……収納鞄の中の紫金紅葫蘆の中にいる銀角はどうなるのだろう。収納鞄の中では時間が止まる。時間が止まると溶けて酒になることはないのだろうか。

「え？　ええ？　リオちゃん、今の何？　見たことがないアイテムだわ！」

シェリーヌ様が目を輝かせて収納鞄の中を覗き込もうとする。いや覗き込んでも見えないと思うけれど。

「ちょっとシェリーヌ、そんなこと後にしてくれる？」

シャルの言葉に続いて、ドラゴンさんが小さく声を上げる。

「ガガガ」【ごめん、おりぇ、そろそろ限界……】

ドラゴンさんがふらふらとゆっくりと下降し、ゴーレムさんの埋まっている付近に着地した。

「ありがとうドラゴンさん」

ボロボロの体をなでる。

それから埋まっているゴーレムさんの指先に触れた。

「絶対助けるからね？　少し我慢していて……明日か明後日には掘削スキル持ちの人が来てくれるはずだから……」

「ギーギ」【封印されるのは慣れてるから、気にすんな。おいしいものを食べさせてくれりゃいい】

ゴーレムさんの言葉に胸が詰まる。

「うん、今はこれしかないけど、後でたくさんキビ団子作るね！　本当に……ごめんなさい」

収納鞄から豆大福を取り出して、ゴーレムさんの口に運ぶ。ドラゴンさんにも渡した。

「ギギギ」【鬼を倒す宿命を果たすため。それに、動かずに美味（おい）しいもん食える、むしろ最高だ、しばらくこのままでもいいぞ】

うんと、頷（うなず）く。

「もうスキルが使えないから私はここにいるわ。ゴーレムが塞（ふさ）いでくれた穴に変化があればすぐに連絡ができるし」

シェリーヌ様の言葉に頷く。

アリシアさんもあと数回しかスキルが使えないからシェリーヌ様の護衛も兼ねて残った。

シャルの手を握れば、ぐっと握り返してくれる。建物の入り口へと飛ぶ。

「あ……っく……」

思わず凄惨な景色に息をのむ。

鬼は倒されると姿を消す。かなりの数の鬼の姿が消えている。だけどとても手放しでは喜べない。冒険者や兵が力尽きて倒れているのが見えるのだ。

千年草を口に入れていたはずだから、体力が尽きて倒れているだけだよね……？ そうだよね？ すぐにでも無事を確かめに行きたいのをぐっとこらえる。

「……ガルモさん……」

ガルモさんは大切に鉞を抱えて座り込んでいた。ピクリとも動かない。

金角の姿はない。ガルモさんが倒したのだろう。どれだけの死闘だったのか……。

フェンリルさんも、傷だらけで横倒しになっている。

後で、いっぱいキビ団子をあげるから……。また、尻尾を嬉しそうに振ってくれるよね。

「大丈夫だよ。それより、一番強いのはこの中だろ？ 行こう」

建物のドアはすでに壊れて外れていた。鬼が壊したのか兵が壊したのか。

中はどうなっているのか。危険があればすぐに飛べるようにとシャルの手に力が入る。

「暗っ」

シャルが建物の中に入ってすぐにつぶやいた。

確かに、暗い。日の光は入らないけれど、今までは頭上から人魂の光で困るほど暗くはなかったというのに。

見上げると、ぽつりぽつりと人魂が見えるけれど、いつものようにみっちりと数はない。

「大丈夫……、このあたりに鬼はいない」

スキルは発動している。【人魂】の文字はしっかりと見えている。他に文字が表示されてはいない。

「行こう、きっと一番奥だ」

周りに文字が表示されないか気にしながら奥へと進んでいく。建物の中は何度か往復したから覚えている。薄暗くても広い廊下を進むのは問題ない。ただ、距離感だけが分からない。

サージスさんは大丈夫だろうか。心配で胸が押しつぶされそうで、同じ距離でも長く、長く感じる。早くどうなっているのか知りたい。

ああ、でも、もし……もしも……嫌な想像で、指先が震えそうになるのをシャルが察したのかぎゅっと握っている手に力が入った。

「大丈夫だよ。鬼の援軍は来ない。僕らは、これから援軍が来る」

シャルの言葉に頷く。

「危険そうならいったん逃げればいい。逃げて、体勢を整えればいい」

そうだねと、小さくつぶやいて答えた。

何もすぐに決着をつける必要はなくなったんだもん。

「あ！」

【満身創痍(まんしんそうい)】の文字が見えた。

夜叉(やしゃ)の部屋の扉の前だ。

息を殺して様子をうかがうと、フューゴさんの姿があった。

「フューゴさんっ」

他に文字が浮かんでいないことを確認して駆け寄る。

「夜叉は将軍と何とか倒したものの……ボスを前に戦線離脱だ。俺は弱いな……」

千年草を使って傷はふさがっていても、ボロボロだ。

「弱くないです、フューゴさんは、弱くなんかないですっ」

上級剣士スキルは確かにすごくても、でもまだ冒険者としての実力はB級かA級のはず。

S級冒険者と同じように四天王相手するんだもん。

吸血蝙蝠(こうもり)のモンスターを前に逃げ出したフューゴさんとは全然違う。

「ねぇ、サージスさんと将軍はどこなの？」

シャルの言葉に、フューゴさんが血で染まった腕を持ち上げて金と銀の扉を指さす。

「あそこだ」

ずっと閉じていた金と銀の扉が半開きになっている。

収納鞄からマイルズ君からもらった丸薬を取り出してフューゴさんに渡す。

「少し造血効果もあったはずだから……」

フューゴさんが小瓶から丸薬を口にするのを見届けてからシャルと、金と銀の扉に近づく。

中からは剣を打ち合うような音が聞こえてくる。息をひそめて中を覗き込む。

【人魂】【人魂】【人魂】【人魂】【人魂】【人魂】

大量の文字が目に飛び込んできた。【閻鬼大魔王】の文字が見えない。

サージスさんと将軍が【人魂】の集合体に向けて刀を構えている。

大きな塊は、人の五倍ほどの大きさはあった。見上げると、人魂の集合体の上に巨大な歯の突き出た顔が見える。【閻鬼大魔王】の文字が見えた。

「あれが、閻鬼大魔王……火の鬼？」

サージスさんと将軍が同時に地を蹴って、刀を振り下ろす。

「ははは、何度やっても同じこと。火魔法も刀も効かぬ」

ああそうだ！【人魂】は【輪入道】がまとっていたのと同じ火だ。水では消えない火。閻鬼大魔王は【人魂】をまとうことで攻撃を防御しているのか！

でも、【マニ車】で消える！

急いで収納鞄に手を入れ、小さなメイスの形をした【マニ車】を取り出そうとしたけど、取り出せない。ポシェットの方に入れてあったかと、そちらに手を入れても……。

そうだ。夜叉にドラゴンの上から捨てられたんだ。

「リオ、一旦逃げよう」

シャルの言葉にうんと頷く。逃げて、マニ車を探そう。

シャルが、すぐに私の手を取りサージスさんのところへ飛び、サージスさんの手を取った。

その瞬間、いつもなら視界が変わって安全な場所へと飛んでいるはずだ。

「虫けらが邪魔をするなっ！」

闇鬼大魔王の声とともに、どんっと背中に強い衝撃を受ける。

「大丈夫か？」

私の目の前に将軍の顔があった。

「ごめん、しくじった……」

シャルの頭から血が流れ出ている。

将軍の左半身から激しく血が噴き出していた。

「はは、すまんな、夜叉はなんとか倒せたんだが、こいつは格が違いすぎる……」

将軍が悔しそうな表情を見せた。

二人とも千年草のおかげで傷はすぐにふさがったみたいだけど、血が流れすぎてとても動けるような状態じゃない。いや、それどころか意識を失ってしまった。

「ははは、逃げようとしても無駄だ」

そうか。サージスさんを摑んで次は将軍のところに飛ぶことを読まれていたのか。そりゃそうだろう。一人だけ助けて逃げるなんてありえないし。

闇鬼大魔王はそれを狙って将軍のいる場所へ攻撃をした。予想通り現れたシャルに攻撃が当たる寸前に、将軍が身を挺してかばってくれたんだ。将軍一人なら簡単に避けられる攻撃だっただろうに。私たちをかばうために。

サージスさんがすぐに立ちあがり、刀を構えて闇鬼大魔王の前に立つ。

「リオ、動けるか？　逃げろ。連れていけるならシャルを連れて逃げろ」

サージスさんの言葉が胸に突き刺さる。

非力な私では、将軍を抱えて逃げることは無理だと分かっているから、将軍も連れて行けとは言わない。

サージスさんと将軍と二人で対峙しても歯が立たなかったのに、一人では勝てる見込みなんてないのに。せめて私とシャルは逃がそうとしているようにしか思えないよ。

「残念だな。この部屋に入ったものは蟻一匹生きて出さぬ」

闇鬼大魔王はそういって大きく左手を振った。

半開きになっていた金と銀の扉がばたんと大きな音を立てて閉まる。

どうしよう、どうしよう。どうしよう！

「た、助けてくださいっ、闇鬼大魔王様、助けて！」

「くくく、命乞いか？　愚かよ、人とは誠に愚かな生き物よ。いろいろと偉そうなことを言うが、いざとなれば平気で言葉を覆す。嘘をつき、人を騙し、恨み、妬み、そのくせ愛を語る。信じようとする」

闇鬼大魔王が大きな刀を床に刺して柄に手をついた。

「鬼はその点美しいぞ？　きれいごとなど何一つ持たぬ。嘘も偽りもなく、ただ欲望に従うのみ。愛を語りつつ憎むなどといった醜さなど鬼にはない！」

何を言っているんだろう。頼子さんは欲望にあらがえないと言っていた。そんなのが美しい？　違う、違うよっ。人間は美しいんだ。

愛してるから時には憎くなることもあるかもしれない。でも、憎い相手でも死んでほしいと思わないのが人間なんだ！　それってすごいことなんだ！　知らない人を守るために命を懸けて、人のために心を痛め涙を流せる人間が私は好き。敵である鬼のことで泣いちゃう自分だって……頼子さん。鬼が倒されることで救われるというのなら、私は鬼も救いたいと思ってる。

絶対みんなで助かるんだ。

「闇鬼大魔王様っ、どんなふうに思われても構いません」

収納鞄から宝箱を取り出していく。

「助けてください、どうぞ、これを。おはぎにかりんとう、味噌に醤油、それからかば焼きのたれに豆大福、それから……」

どんどん宝箱を出して蓋を開けて並べていく。

「ほほう、これはなかなか。もっとないのか？」

よし。時間稼ぎができそうだ。その間に将軍が少しでも回復すれば……。

収納鞄をさかさまにして降ると、中身がだばだばと出てくる。

「ああ、これはどうでしょう？　タラバガニにウナギ、そのままでは食べられませんが」

目の端に映った文字に心臓が跳ね上がる。

ああ、そうだ。これがあった！

駄目だ、それが何か意味を持つものだと思われないように自然にふるまわなければ。

鞄の中からは、煮炊き用にと集めた小枝もある。

右手にタラバガニ、左手に枝を握って闇鬼大魔王に見せる。

「今から焼きましょうか？」

闇鬼大魔王の眉毛がピクリと動いた。

「逃げるつもりか？」

「ああ、建物の中では火は使えないのでしたでしょうか？　逃げるだなんてとんでもない。闇鬼大魔王様から逃げられる人間などいようはずがございません。助けていただけるのであれば、逃げる必要もありませんし」

闇鬼大魔王が何のつもりだろうと疑うような目を向けている。

「仲間を見捨てて逃げられないか？　死にぞこないでも人質くらいには役にたつか」

ぐっと言葉に詰まる。闇鬼大魔王が倒れているシャルたちを見て愉快そうに笑う。

私が裏切ったとは思ってもらえてない？　一人だけ助かろうとしていると考えてもらえたらよかったのに。

「あ、あのっ！　こちらで構わなければここで焼きましょう。煙が部屋に充満してしまうかもしれませんので、金と銀の扉のすぐ外で焼きましょうか？　中からも見える場所であれば逃げればすぐにわかるかと思います」

闇鬼大魔王が手を前に軽く振ると、金と銀の大きな扉が開いた。

扉のすぐ外と言っても部屋は広い。闇鬼大魔王のいる場所から扉のすぐ外までの距離は私ならば走って十秒以上はかかるだろう。

もちろん闇鬼大魔王なら一瞬かもしれない。だけれど、私がそこで何をしているか気が付くまでには時間がかかるはずだ。

「では、何から焼きましょうか？」

鞄（かばん）から出して散らばった品をかき集めて鞄の中に入れていく。扉の外に移動するのだから手に取って鞄に集めて入れても不振には思われないだろう。

あれもしっかり鞄の中にいれる。

「タラバガニでしょうか？　ウナギは内臓を抜いたりと少し時間がかかります。あ、スルメ……アタリメというのでしょうか、それもあります。あとは山椒で味付けした肉や」

「アタリメだ。まずはアタリメを焼け」

「はい」

急いで扉の外に移動して、小枝を鞄から取り出して組み、火を起こす。その傍ら、見えない場所に薬研のような形をした手の平に収まるほどの大きさのものを取り出す。

車輪に棒が突き刺さったような形のものだ。武器屋の主人が店番をしながら心が落ち着くからと回していた道具。小さなメイスのような形をした【マニ車】を買った店にあった、もう一つの――【マニ車】。

見えない場所に土台を作り、棒をひっかける。そして、車輪の形をした部分を回す。

【観自……薩……般若波羅……時……見……一切苦……不生不滅。不垢不浄……】

キラキラ光った文字が流れ始めた。手を放していても回っている。

光る文字は、闇鬼大魔王の体を覆っている人魂に向かっていった。

この間、サージスさんは息をひそめて将軍とシャルが倒れている場所へ移動して二人の様子を見ていた。二人もすでに意識は戻っているのかもしれないけれど、黙っていた。

私に何か考えがあるのだと、三人ともわかってくれているのだろう。助けてと言い出したのに意味があると。

人魂の数が少し減った気がする。まだ閻鬼大魔王は気が付いていない。気が付かれるまでどれだけ減らせるか。

スルメを火にかけ、回るスピードが遅くなった【マニ車】を回す。そして、回り続ける【マニ車】をあとに、一度その場を離れる。

「閻鬼大魔王様、スルメ……いえ、アタリメはお酒に合うとお聞きしております。お口に合うかわかりませんが、ラム酒というお酒になります。強いお酒ですので、飲みすぎないよう」

収納鞄から酒の入った樽を三つ取り出す。武器屋のおばぁさんが度数を強くした酒だ。

「がははは、強い酒だと？　我を誰だと思っている。閻鬼大魔王ぞ。いくら酒を飲もうと、酔うことはない！」

私が両手で抱えないといけない樽を、閻鬼大魔王は栓を抜くと片手で持ち上げて直接流れ出る酒を口に入れ始めた。

「くはぁ、こりゃいい。この世界にもうまい酒はあったのか」

ご機嫌で口元をぬぐう閻鬼大魔王。

このすきに、一度扉の外にもどって、スルメを裏返す作業をしている姿を見せながら、陰で【マニ車】を回す。

人魂の数は【マニ車】から出る光る文字で順調に減っている。顔以外閻鬼大魔王の全身を覆っていた人魂に、ところどころ穴ができた。

もう少し、もう少し減らすことができたら。

「スルメが焼けました。どうぞ。次はタラバガニを焼いてきます」

スルメを闇鬼大魔王の元に運ぶ。すっかりラム酒が気に入ったのか、二樽目に手を伸ばしていた。すでに刀からは手を放し、片手に酒樽、もう片手にスルメを持っている。上機嫌で酒を飲んでいるおかげで、人魂のことは気が付いていないようだ。

サージスさんが油断した様子の闇鬼大魔王に攻撃を仕掛けようか迷っているようだ。目が合ったので小さく首を振って止める。

まだだ。まだ。気が付かれないうちはできるだけ人魂を減らしたい。

タラバガニを火にかけながら【マニ車】を勢いよく回す。

金色の文字よ。人魂を消して。もっと、もっと！

「ぬ？」

体を覆っていた人魂が半分くらいになったところで、闇鬼大魔王が動きを止める。

気が付かれた？

「なんだ？　暗いな……」

そうだ。人魂は灯り代わりにもなっていたんだ。

「ん？　人魂、どこへ行った。こちらへ来い！」

消えたとは思われていない。移動したと思っているんだ。

このすきに、もっと、もっと消えて！ 【マニ車】をひたすら回し続ける。

次第に暗くなっていく室内に、私の目にはより輝きを増した【受想行識……舎利子。是諸法空相……】文字の渦が、人魂を包み込んでいく。

人魂たちも、光となって消えていき、まばゆいくらいだ。

「どういうことだ、暗いな！」

鞄(かばん)から取り出した毛布をとっさに火にかぶせる。

人魂は両手で数えられるまでに数が減った。

数個の人魂では部屋の明かりとして用をなさない。真っ暗に近い。

その中で、人魂という目印を付けた闇鬼大魔王はかっこうの的だ。

ザシュ、ガッ、バサッと、音が部屋に響く。

サージスさんが動いたんだ。

「くそ！　虫けらがぁー！」

闇鬼大魔王のいらだつ声が発せられた。どうやらサージスさんの攻撃が闇鬼大魔王に当たっているようだ。

暗くて何がどうなっているのか分からない。

闇鬼大魔王の怒号と、ドンッ、ドゴッ、ガラガラガラと、激しい音が続く。

ガラガラとは岩が崩れ落ちているような音だ。

バラバラと、小さなかけらが飛んできて体に当たった。

岩を四方に飛び散らせて跳ね返り方でサージスさんの位置を確認しようとしてるの？

闇鬼大魔王に付いている人魂は上下に動いている。何が目的なの？

すぐにその謎は解けた。ゴッという音で、天井に穴が空き、光が差し込んできたのだ。

状況があらわになる。空が見える。闇鬼大魔王は何メートルもの岩を崩したのか。ものすごい力だ。体にいくつかの傷はついているものの致命傷となるような大きな負傷はない。

「ははは、残念だったな。もうお前たちに勝ち目はない」

闇鬼大魔王が刀を手に大きく横になぐと、サージスさんの持っていた刀が割れた。

「くっ」

サージスさんはすぐに倒れている将軍が使っていた刀を手に、闇鬼大魔王に切りかかった。

「お前たちに勝ち目はないと言っただろう！　絶望させてやる」

闇鬼大魔王がサージスさんの刀を左手に受ける。少し闇鬼大魔王に傷をつけるが、またもや刀は折れてしまった。

「さぁ、次はどうした？」

「リオっ」

サージスさんが視線を闇鬼大魔王に向けたまま声を上げる。

収納鞄から刀を取り出してサージスさんに渡そうとして戸惑う。

闇鬼大魔王に取り入ろうとしているふりを続けるべきなのかも。このまま戦って勝てる見込みはあるの？　シャルも将軍も倒れたままだし。建物の外の様子を思い浮かべる。皆傷だらけで倒れている。援軍はいつ到着するのかわからないし、来てもきっと闇鬼大魔王を倒すためには足りない。私は、このまま闇鬼大魔王に取り入って、弱点を見つけるとかした方が……。

鞄を胸に抱えたまま動けないでいたら、シャルが私の元へと飛んできた。意識が戻ったんだ。

「貸してっ！」

シャルが鞄をひっくり返して中身をぶちまけた。盗難機能もパーティーメンバーなら関係ない。

そして出てきた刀を手に取りサージスさんに投げる。

一本、二本、三本、四本……。どれだけ刀を投げても、一本も闇鬼大魔王に歯が立たない。折れて割れて粉々になって、一瞬で使い物にならなくなっていく。

羅刹の言葉が頭によみがえる。「神が宿りし武器でないと倒せない」

神……。神……！

「シャル、ガルモさんを連れてきて！」

ガルモさんは持っている。【金太郎の鉞：山の神が宿った鉞】を。

でも、ガルモさんもボロボロだった。いくら武器があっても戦う力が残っていなければ……。

「くそっ、俺が剣術スキルを持っていれば……刀をもっと使いこなせていれば……」

サージスさんの表情がゆがむ。スキル？　どんなスキルがあったって、神の力を借りなければ。……！

「サージスさんっ、雨ごいを！」

そうだ。サージスさんのスキルは雨ごい！　竜神様の力を借りるスキル！

サージスさんは、なぜ今？　と疑問に思うこともなくすぐに両手を掲げスキルを発動した。

天井に空いた穴から見える空に竜神様の姿が見える。

【我の力を求めるか】

「サージスさん、力を求めて！　竜神様の力を！」

すぐにサージスさんが口を開いた。

「は？　分からんが、分かった！　竜神よ！　俺に力を！」

すると、竜神はするすると天井の穴から中に入ってきて、収納鞄から放り出されたボロボロの剣に吸い込まれていった。

【天叢雲剣（あまのむらくものつるぎ）：あめのむらくものつるぎ・あまのむらくものつるぎ・あめのむらぐものつるぎ・あまのむらぐものつるぎ】

そうだ、八岐大蛇（やまたおろち）から出てきた剣。

【天叢雲剣：またの名を、三種の神器の一つ草薙剣】

神器！

草薙剣は、光に包まれると、今打ち出されたばかりといったように綺麗な姿を現し、そのままサージスさんの手に収まった。

「剣……か。刀ではなく」

サージスさんが草薙剣を見下ろしてつぶやいた。

「それがサージスさんのスキル！　雨を降らす神……竜神様の力が宿った剣！」

サージスさんが笑った。

「あははっ、剣か。俺にふさわしいな。刀よりも剣は得意だ！　頼むぜ、竜神っ！　俺の相棒！」

サージスさんが草薙剣を手に闇鬼大魔王に向かっていく。

「何度向かって来ようと無駄だ！」

闇鬼大魔王が今までと同じようにサージスさんの剣を手で受けた。そのままへし折ろうとして、闇鬼大魔王の手が裂ける。

「何だと？」

闇鬼大魔王が驚いて、青い血が流れ出る手の平を眺めた。

「そうか。少しはまともな武器もあるということか。だが、それだけのことだ」

闇鬼大魔王がサージスさんに切りかかっていった。

サージスさんは必死に剣で闇鬼大魔王の攻撃を受け止めるけれど、反撃に出ることもできずにただ守るだけで精一杯のようだ。しかも、一〇回に一度くらいの割合でどこかしら傷を負う。

それが、一〇〇度、二〇〇度と繰り返すうちに、サージスさんの傷を負う回数が減っていく。

ああ、流石サージスさんだ。閻鬼大魔王の剣筋を見切ってきたんだ。それとも、初めて持つ【草薙剣】が体になじんできた？

閻鬼大魔王が続けて五回刀を振り、サージスさんが五回連続で竜神様の宿った【草薙剣】で受け止めた。

その瞬間。

「ぐっ」

閻鬼大魔王が刀を握る手と逆の手でサージスさんの首を摑んだ。大きな閻鬼大魔王は、サージスさんの首を剣の柄を握るようにしっかりと摑んでいる。

苦しそうに顔を歪めるサージスさん。

「多少動けるようだが、こちらが同じ動きを繰り返せば無意識に次はこうなるだろうと体が反応する。愚かよな」

嘘っ！

サージスさんが剣筋を見切ったのではない。閻鬼大魔王に「その動きに慣れさせられていた」のだ。

「そして、剣を持つものが素手で戦うなど思ってもいないのだろう？　武士道といったか、いやこの世界では騎士道か」

そのとき、腕輪からシャルの声が聞こえてきた。

「サージスさん、邪魔なのは右腕？　左腕？」

サージスさんは即答した。

「左」

次の瞬間、刀を握る閻鬼大魔王の右腕ではなく、サージスさんの首を摑んでいる左腕の横にシャルがガルモさんと現れた。

「うりゃぁー！」

鉞を振り上げ、ガルモさんが閻魔大魔王の左腕を切り付けた。

青いまがまがしい血が飛び散り、サージスさんの首を摑んでいた左腕から力が抜ける。

「生憎と、俺は騎士じゃないんでね！　どんな手を使ってでも命を優先する冒険者だ！」

サージスさんが地面を蹴り、すでに距離をとったシャルに命じた。

「後ろだ、ガルモと飛んでこいつを後ろから攻撃してくれっ！」

シャルがガルモさんの元へと飛び、腰に手を回して張り付く。

シャルは飛び続けるつもりだ。ガルモさんの足の代わりに。

ガルモさんはなんとか鉞を手にしているが、すでに金角との戦いで体力の限界はとっくに来ているのだろう。足元はふらついている。きっと、立っていることすらできないほどに。

闇鬼大魔王がガルモさんを警戒して体を横に向けたとき、サージスさんが両手で【草薙剣】を握りなおした。

「俺に、力を貸してくれぇー！」

ただ、私は両手を握り締めて祈るしかなかった。

竜神様！　お願い！　サージスさんに力を……！

【神は、人の願いが力になる。しかと、願いを受け止めた】

【草薙剣】が青白いまばゆい光を放ち、その光がサージスさんの全身を包んでいく。

「うおーっ！」

サージスさんが【草薙剣】を振る。

ずっと見てきた、綺麗(きれい)なサージスさんの剣技だ。何年も鍛えてきたサージスさんの。

光が残像となって闇鬼大魔王の周りに見える。

ものすごいスピードでの攻撃。

そして、時折シャルが挑発するように「こっちにもいる」と闇鬼大魔王の気をそらす。

その時、私は祈ってしまった。

「鬼たちを苦しみから救って！　輪廻(りんね)に戻してあげて！　お願いっ！」

思わず声に出た祈りに、闇鬼大魔王が一瞬動きを止めた。

そのすきを見逃すこともなく、サージスさんが心臓の位置を一突きし、背後からガルモさんが首に刃を当てた。

闇鬼大魔王の体から青い血が噴き出し、次第に血の色が赤く変わっていった。

「鬼を、救うだと……人間は愚かだな……だれかれ構わず幸せを願い、愛を与え、救おうとする……本当に……愚か……だ……」

闇鬼大魔王は立ち尽くしたまま足元から光って姿を徐々に消していく。

「愚かな人間……二度と会うことはないだろう……お前たちのように愚かな者は地獄へは……来ない……だろうか……ら……」

闇鬼大魔王が姿を消した。

「……」

やったの？

勝ったの？

「やったぁ！」

喜びの声を上げたのは、私一人で、サージスさんもシャルもガルモさんも、限界を超えたのか、ばたりと倒れた。

# エピローグ

闇鬼大魔王との死闘から一か月。

各地に現れていた鬼たちを討伐し、新たな鬼の出現も見られなかったことから「厄災収束」が各国で発表された。

サージスさんは鬼の残党狩りに各地を駆け回っていたし、シャルはその移動に付き合っていた。

ゴーレムさんの封印は、もし鬼が出てきてしまっても対応ができるように結界を張り、各国から精鋭が集められ万全の態勢で行われることが決まっている。収束宣言が出たのでもうすぐだろう。フェンリルさんとドラゴンさんはゴーレムさんと私の間を行き来してキビ団子を運んでくれている。

そして、私はシェリーヌ様と共にドロップ品の仕分けや本の解読をして過ごしていた。

「リオちゃん、これって、ドラゴンとフェンリルとゴーレムみたいね？」

海ダンジョンから新たに複製されて持ち出された本の中に桃太郎を見つけてシェリーヌ様が持ってきた。

「そうなんです。どうやら生まれる前……前世の物語なんじゃないかと……」

シェリーヌ様が、刀を持った人物を指さした。

「これは刀ね。そして、この人物はリオちゃんの前世なのかな？」

「桃太郎が、私の前世？」

フェンリルさんたちのように宿命を感じることもないし、刀は使えないし、性別も違うし……私じゃない気がする。

「ほら、目の色も同じ黒だし。きっとリオちゃんよ」

目の色が黒？

シェリーヌ様に言われて改めて桃太郎の絵をじっくりと見ると、確かに目は黒く塗られているように見えなくもない。絵の線も黒いから、線なのか色なのか分かりにくいけれど……。

「鬼の目の色なんかじゃないのね。リオちゃんは鬼になったりしないわ」

シェリーヌ様の言葉に、目に涙が浮かんだ。

「わ、私……鬼に……ならないの？」

そっと引き寄せてシェリーヌ様が抱きしめてくれた。

「ならないわ。他の本も調べれば答えも出るでしょうけど。リオちゃんが鬼になるはずないわきっと」

そうか。本の中に答えがあるのかもしれない。鬼にならないと分かれば怯（おび）えて暮らさなくてもいいんだ。

「リオちゃんのスキルは、桃太郎の力なのかもしれないわね……前世から引き継いだ特別なスキル」

シェリーヌ様の言葉に、ほわりと胸が温かくなる。

訳の分からないクズスキルだったのに。特別なスキルと言ってもらえる日が来るなんて……。

厄災収束宣言が出された次の日に、シャルとサージスさんがシェリーヌ様の研究室に現れ、シェリーヌ様が止めるのも無視して私は王都にある、例の綺麗な女性のいる屋敷に連れてこられた。

「あら、シャル。いらっしゃい。サージスさんとリオちゃんもよく来たわね。準備はおおよそ整っているわよ？」

女性がにこやかに迎えてくれる。

準備？

「ねぇ、リオ、髪の毛が伸びる指輪あったでしょ？」

言われるままに収納鞄から髪の毛の伸びる指輪を取り出してシャルに手渡す。

「ねぇ、リオ……リオを絶対他の誰にも渡さないって皆に宣言しても構わない？」

え？　シャルが変なことを言い出した。

「わ、私、ずっとシャルとサージスさんと一緒のパーティーにいたいよ、誰かに渡されたくないよ？」

「それって、宣言しても構わないってことでいい？」

シャルがにぃって笑って、私の左手の薬指に、髪の毛が伸びる指輪をはめた。

髪が長くなる。

それを見て、綺麗な女性が嬉しそうな声を上げる。

「まぁ！　素敵！　これならいろいろできそうね！」

「じゃあ、後は頼んだよ、母上」

シャルが私の手から指輪を抜き取ると、美しい女性に声をかけた。

「え？　シャルの、シャルのお母さん？　ここ、シャルの家？　えーっと、え？　ええ？」

戸惑う私に、美しい女性改め、シャルのお母さん……お母様が、私に微笑んだ。

「あら、まだ自己紹介してなかったかしら？　いつも息子がお世話になってます、いえ、これからもお世話になります。私のことは、本当のお母さんだと思って仲良くしてくれると嬉しいわ。女の子が欲しかったので嬉しいのよ」

状況が飲み込めないまま、侍女さんたちに取り囲まれ、風呂に放り込まれて、あちこちごしごし磨かれ、長くなった髪も丁寧に洗って乾かして、シャルのお母様が優しくといてくれて……。

頼子さんを思い出して、お母さんの優しい手を思い出して、心がポカポカして。それだけで、シャルのお母様のことが大好きになった。

ポカポカしてる間に、なんか、見たこともないような豪華なドレスを着せられて、髪が美しく結われて、化粧までされてた。

「おお、リオ、すげーかわいくなったな。……って、お前、まさか、女だったのか？」

サージスさんがドレス姿でシャルのお母様と現れた私を見て驚いている。

私も驚いた。サージスさんがいつもの冒険者の服装ではなく、まるで騎士のような整った美しい正装をしていたことに。

私が女だったことに驚いているサージスさんを見て、シャルのお母様が楽しそうに笑う。

「あら、相変わらずサージスさんは鈍いようですわね？　でも、シャルはそういう細かいことを気にしないサージスさんのことが気に入っているみたいですの。これからも息子をよろしくね」

「お、おう。もちろん。俺にはシャルが必要だ。一生一緒だ」

サージスさんの言葉に、入り口から入ってきたシャルが嫌そうな顔をする。

「一生は勘弁してほしいんですけどね？　結婚するわけじゃあるまいし」

「シャル……」

シャルも正装をしていた。まるで、物語に出てくる王子様みたいだ。

「すごい、シャル、王子様みたい」

素直に感想を言うと、シャルが真っ赤になった。

「何それ、リオこそお姫様じゃん。やっぱりそんな恰好させるのやめればよかった」

「え？　あ、うん。似合わないよね、ボク……」

シャルが私の前まで歩いてきて、鼻の先をつんっと突っついた。

「違う、似合いすぎて人目を惹きすぎる。失敗した」

シャルの言葉にお母様がふふふと笑った。

「失礼ね、私の侍女たちは失敗しませんよ？　さぁ、厄災収束の功労者の表彰式典が始まってしまうわよ。主役が遅れて行ってはいけないわ。さぁ、行ってらっしゃい」

屋敷の前には立派な馬車が止まっていた。

「ほら、リオ」

シャルが手を差し出す。

「え？　飛んでいくの？」

シャルの手に手を乗せるとふっと優しい笑みを浮かべる。

「それもいいね。でも、せっかく陛下が馬車を用意してくれたんだから、乗ってくよ。これはエスコートするために出した手だよ」

シャルの手をいつものように握ってしまった私。

「エ、エスコート？　ど、どうしよう、こんなドレス来て、お城……ボク、何もわからないよ、どうしたらいいのかって……」

サーっと青ざめると、シャルがふふふと嬉しそうに笑う。

「大丈夫。僕が知ってる。リオはずっと、ずーっと、僕の隣にいれば問題ないから。いい、絶対に、僕の隣から離れないでよ？　リオは一人になると絶対大変なことになるから！」

大変なこと……うん。お城でしてはいけないことを知らずにしてしまいそうだ……。それはまずい。

「わ、分かった。シャルの隣にずっといる」

シャルが満足げに頷くと、そのまま私の手を握って馬車の中に飛んだ。

ふえ？　この距離を飛ぶんだ！

「俺も全然わかんないぞ。シャルの隣にいればいいか？」

サージスさんが馬車に乗り込むとドアが閉まって馬車が動き出す。

「大丈夫ですよ。功労者のほとんどは冒険者でしょ？　こんな正装してくる人間もほとんどいないはずですよ。僕らのほかはシェリーヌ様と、S級冒険者に上がって男爵位を貰ったガルモさんくらいじゃないですか？　正装してくるの。ああ、あと武器屋のおばぁさんとロードグリのメンバーには服を贈っておいたから。着てくるかな？　もし、僕が一緒にいられないときは彼らといなよ？　他の奴らなんか近寄らせないで」

シャルの言葉に、目が輝く。

「シャル、おばあさんも来るの？　アリシアさんやフューゴさんやマイルズ君にも会えるんだ！　……っていうか、ガルモさんが男爵？　え？　ええ？　今度から気軽に話かけちゃだめかな……！」

シャルが私の鼻をつまんだ。

「何言ってんの？　Ｓ級冒険者になったから男爵位をもらうって言ってるじゃん」

え？　……まさか？　驚いてサージスさんの顔を見る。

「あ？　そうそう、俺も男爵らしいぞ？　Ｓ級冒険者が国外に流出しないように爵位を与えて、少ないながらも国から金がもらえるんだったか。まぁ、何も生活は変わらないから、すっかり忘れてたけど」

「……きっと、もともと男爵だったサージスさんは今回の功労者として陞爵されて、子爵か伯爵になるんじゃないですか？　そうすると今まで通りってわけにいかないでしょうねぇ」

え？　えええ？

「サージスさんが子爵様？　伯爵様になるの？　伯爵様になったら、ボクが作った料理なんて……とても口にしてもらうわけにはいかないですよね」

サージスさんが泣いた。

「やだっ！　今までどおり冒険者するし、リオの作った料理を食べる！　っていうか、そもそもシャルは公爵令息だろう！　陛下の甥が荷運者になれるんだから、俺だって問題ないだろ！」

は？

「シャ……シャルが……こ、こ、こ、公爵令息……？　へ、へ、へ、陛下の……甥……？」

びっくりしすぎて、心臓が止まりそうだ。

わ、わ、私……お貴族様に、通称「糞」と呼ばれるハズレドロップ品やそのへんに落ちてた木の実や木の皮や木の根っことか食べさせてしまった……の……？

「そうだよ。僕も荷運者続けるからサージスさんだって冒険者は続けられるよ。でも、周りからの目、特に女性陣からの目は変わるだろうねぇ？　子爵夫人や伯爵夫人になろうって女性が寄ってくるよ？　サージスさん、さっさと結婚……いや、婚約者くらい見つけた方がいいんじゃない？」

青ざめている私をよそに、サージスさんとシャルが会話を続けている。

「いや、俺のようなあちこち飛び回ってる冒険者の嫁なんて苦労させるだけだし……」

「あっちこっち飛び回ってドロップ品持って帰ってきてくれるのが嬉しいって人もいるでしょ？　レアドロップ品に目を輝かせるような女性。サージスさん、レアドロップ品見つけたらいつも嬉しそうに持って行ってるじゃないですか」

サージスさんが私の顔を見た。

「ちょっ、リオのことじゃないからっ！」

サージスさんが顔を赤くして、頭をかいた。

「あ、いや。うん、分かっている……でも、あいつはドロップ品が好きなんであって、俺のことが好きなわけじゃ……」

あいつって、誰？

「ボ、ボク、ドロップ品が好きですけど、サージスさんのことはそれ以上に好きですよ？　そ、それにレアドロップ品はギルドを介して買えばいいのに、わざわざサージスさんから直接買い取ってるのは、きっとサージスさんのこと迷惑に思ってないからで……」

あれ？　サージスさんがレアドロップ品を売る相手って……。前に、土鍋を売りに行っていた相手って……。もしかして……？

「で、でも、シャルはどうなるんだ？　もともと公爵令息だし、次男だから家を継ぐことはないにしても、公爵家が持ってる伯爵位をもらう予定なんだろう？　褒章はどうなるんだろうな。それこそ伯爵位が侯爵位に陞爵ともなれば、うちの娘をと紹介が後を絶たないんじゃないか？」

シャルがにやりと笑った。

「僕が選んだ人間に張り合える娘を持ってる人なんているわけないだろ？」

え？　シャルはすでに誰かを選んでいるの？

ガタリと馬車が跳ねた。道端の石にでも乗り上げたのだろうか。シャルのことが気になったけれど、サージスさんが話題を変えた。

「そういえば、リオにも爵位が与えられると思っていたが、女だと流石に別の褒美になるのか？　可能性が高いのは聖女の称号か。そうなると神殿預かりになるのか？」

「ボクが聖女？　多少は役に立ったかもしれないけど、でもそこまでのことはしてないですよ？　それに神殿になんて行きたくないし。サージスさんとシャルとダンジョンに行きたい」

　サージスさんが手を伸ばして私の頭をぽんぽんとなでる。

「まぁ、大丈夫だろう。たいていの希望は叶うさ。爵位も称号も足かせになるならいらないってことわりゃいい。そうだなぁ、代わりに欲しいものを考えておけばいいさ。すごい収納力を持った収納鞄（かばん）が欲しいとか」

　あ、それいいかも！

「今までは、ギルドからリュック型の収納鞄を借りてたんでした。厄災が終わったから返却しなくちゃいけない……ですよね。収納鞄をもらえるなら、料理するための大きな鍋やたくさんの薪（まき）、それから大樽（だる）ごとキビを入れたいです。キビ団子をいっぱい作ってドラゴンさんとフェンリルさんとゴーレムさんにあげたいです。あとダンジョンでいっぱいドロップ品を拾いたいし。たくさん入って、できれば盗難防止機能が付いていて、あとはえーっと」

　シャルがはぁーとため息をつく。

「そうだよね、宝石やドレスなんていらないよね。リオに贈るならレアドロップ品……かぁ。サージスさんとなんか似たような行動になるとか……癪だけど仕方がない」

「え？　シャル、なんか言った？」

シャルが答えるよりも前に、サージスさんが大きな声を出した。

「そうだ！　リオに聞きたかったんだ！　闇鬼大魔王にさ、助けてくれと言って収納鞄から次々と食べ物出してただろう？」

……まさか、よくも俺のタラバガニを食べさせたななんて言わないですよね？　冷や汗が流れる。

「宝箱を並べてたけど、あれの中身……糞だよな？」

あ！

サージスさんの言葉に、シャルも続いた。

「ああ、そういえばハズレドロップ品の通称「糞」のような見た目のものが入っているのがちらりと見えたような……」
バ、バレた。バレたよ！
「ご、ごめんなさい、あれは見た目はあの、その、ですが、味噌です。ハズレドロップ品は味噌とかなんですっ！　そのスキルで文字が見えて……」

サージスさんがニカッと笑う。

「そりゃいい。ハズレドロップ品が実は大当たりのうまいものなんて最高じゃないか！　なんだハズレか！　とがっかりせずに、やった当たりだ！　と喜べる。すげーな！」

シャルも頷いた。

「そうですね。低層でも手に入るものもありますし、駆けだしの冒険者の収入が増えるのはいいですね。それに市場に出回ればダンジョンで手に入れなくても買うことができるようになる。おいしいものがいつでも食べられるようなる。いいことずくめだね」

……まさか。

ハズレドロップ品に【味噌(みそ)】って見えること、内緒にする必要なかった？

「さぁ、王宮についたよ。リオ、僕のお姫様。お手をどうぞ」

おしまい

# GAGAGA

ガガガブックス

ハズレドロップ品に【味噌】って見えるんですけど、それ何ですか？4

富士とまと

発行　2023年5月24日　初版第1刷発行

発行人　鳥光 裕

編集人　星野博規

編集　大米 稔

発行所　株式会社小学館
〒101-8001 東京都千代田区一ツ橋2-3-1
［編集］03-3230-9343 ［販売］03-5281-3556

カバー印刷　株式会社美松堂

印刷　図書印刷株式会社

製本　株式会社若林製本工場





Printed in Japan ISBN978-4-09-461167-0